MUKAI Kosuke

LES CHATS NE RIENT PAS

Roman traduit du japonais
par Myriam Dartois-Ako

Éditions Picquier

Titre original : *Neko wa waratte kurenai*

Mas de Vert
B.P. 20150
13631 Arles cedex
www.editions-picquier.com

Conception graphique : Picquier & Protière

En couverture : © Alissa Levy

Mise en page : IGS

ISBN : 978-2-8097-1621-4
ISSN : 1251-6007

Quand je sors, j'ai la surprise de découvrir que tout est soudain devenu blanc. Pour une fois, de gros flocons semblent être tombés sur Tokyo, recouvrant l'asphalte mais aussi les selles des bicyclettes alignées sur le parking découvert, les unités extérieures de climatisation sur les balcons du rez-de-chaussée, les plates-bandes de la maison d'en face et jusqu'aux fils électriques, surmontés de petites montagnes blanches. La veille au soir il bruinait, sans plus, et comme la neige tombe en silence, je n'ai rien remarqué.

Je me dépêche de remonter mettre mes baskets aux semelles les plus épaisses – un effort futile : j'ai beau m'évertuer à suivre les ornières creusées par les voitures, la neige s'accroche au talon et à la pointe de mes chaussures, me colle aux chevilles, s'infiltre partout et fond dès qu'elle entre en contact avec mon corps. Au bout de cinq minutes de marche, j'ai le pas lourd et les doigts gelés. Autant m'en donner à cœur joie – je foule exprès la neige immaculée, arpentant à grandes enjambées le bord de la route, là où elle s'est amoncelée. Sentir sous mes pieds la poudreuse légère durcir à chaque pas, adhérer au sol par paquets, est réjouissant. Tout en m'appliquant à ce jeu pour oublier le froid, je repense au coup de fil d'hier de Renko.

Après avoir précisé en préambule que ce n'était pas grave, mais qu'elle préférait tout de même me prévenir, elle a annoncé d'une voix blanche :

— On dirait bien que Son n'en a plus pour longtemps.

— Il est malade ?

— Insuffisance rénale. Ça fait un bout de temps qu'on fait tout notre possible, mais d'après le vétérinaire, il n'y a plus d'espoir.

— … Ça arrive plus tôt que je ne l'aurais imaginé.

— Pas vraiment ; il n'est plus si jeune, tu sais.

Son ton, entre résignation et désespoir, sonnait comme un reproche qu'elle se serait adressé.

— Donc, je me suis dit que tu voudrais peut-être le revoir, a-t-elle repris.

— … Euh, oui.

— On l'a élevé ensemble, après tout.

Je prends le métro jusqu'à Shinjuku, où je change pour la ligne Keiô. Mes chaussures mouillées sont désagréablement tièdes ; je trouve presque plaisant, arrivé à Higashi-matsubara, de marcher à nouveau dans la neige, de replonger dans le froid. Devant la gare, je sors mon téléphone pour y chercher l'adresse que Renko m'a dictée la veille. J'essaie de me repérer en tournant dans tous les sens le plan affiché à l'écran. L'arrondissement de Setagaya est un véritable labyrinthe. Je m'y perds toujours.

Quand Renko m'a annoncé que Son allait mourir, je me suis d'abord inquiété pour elle. Depuis le temps qu'ils vivent ensemble, elle lui est sûrement plus attachée que moi. Cette mort prochaine me cause bien entendu du chagrin, mais la peine qu'infligera ce deuil à Renko m'attriste encore plus.

A force d'allées et venues dans les rues étroites où, pareils aux gouttes d'eau qui s'échappent d'un robinet mal fermé, des paquets de neige glissent des toits, je finis par trouver la bonne ruelle – elle a tout d'un trompe-l'œil – et l'immeuble que je cherchais se dresse devant mes yeux. Renko m'a signalé que c'était le seul bâtiment carrelé de rouge dans le quartier, aucun risque de le rater, et c'est vrai ; avec la neige en toile de fond, il ressort encore plus.

Soulagé d'avoir enfin trouvé, je franchis la porte d'entrée, mais la vue du nom de Renko sur l'une des boîtes aux lettres me stoppe net dans mon élan. A côté du sien, il y en a un autre : Miyata. Il y a deux ans, j'avais entendu dire par des collègues qu'elle s'était mariée avec un journaliste qui travaillait pour les pages Culture d'un quotidien. Soudain, l'impression de me livrer à une activité terriblement répréhensible m'envahit ; je ne suis plus du tout motivé. Le mieux est de repartir sans tarder. Mon corps, à rebours de mes pensées, se dirige vers l'interphone et mes doigts pressent le bouton de l'appartement 702.

La sonnerie électronique annonçant l'arrivée d'un visiteur retentit et, après un bref intervalle, la voix d'une femme qui m'a été chère sort du petit haut-parleur : Oui ? Euh, c'est moi, Hayakawa, réponds-je ; ah, d'accord, fait-elle, et la porte automatique s'ouvre. Ah, la porte s'est ouverte, dis-je avant de la franchir. « Ah, la porte s'est ouverte... » Quelle idée de débiter une réponse aussi stupide, me dis-je dans l'ascenseur, et je m'en veux. Cela prouve juste à quel point je suis nerveux.

Au sixième étage, les portes s'ouvrent, dévoilant la vue sur le quartier résidentiel couvert d'un manteau blanc. A pied, cela m'avait échappé, mais ici on est sur une butte. Tout en savourant les bouffées de vent glacial montant du sol qui me picotent les narines, je reste un instant en arrêt devant ce paysage d'une blancheur inhabituelle.

L'appartement de Renko est au bout de la coursive, le deuxième en partant du fond. Je vérifie la plaque avant de sonner. La porte s'ouvre aussitôt, à croire qu'on attendait derrière. De l'intérieur surgit, comme une évidence, une femme au nez droit et au visage rond.

Renko, que je revois pour la première fois depuis cinq ans, n'a absolument pas changé. En réalité, nous avons sans doute tous les deux vieilli au fil des ans, mais comme j'ai vu passer de temps à autre des interviews d'elle dans des magazines ou sur Internet, peut-être ces petits changements m'échappent-ils. Cela dit, ça m'évite des émotions trop vives, et ce n'est pas plus mal. A priori, il n'en va pas de même pour elle qui, la main sur la poignée de la porte grande ouverte, me détaille de la tête aux pieds avant de me demander si je n'ai pas un peu grossi. Contrairement à elle, je ne suis pas quelqu'un dont le visage s'étale au grand jour et le poids de ces cinq années est sans doute flagrant. Ayant prévu que moi qui déteste les bottes, j'arriverais les pieds mouillés, Renko me tend une serviette qu'elle a préparée et m'ordonne d'ôter aussi mes chaussettes, elle va les mettre à sécher, le tout en alignant une paire de pantoufles ; la beauté sans apprêt de sa silhouette fait soudain resurgir les jours où nous vivions ensemble. Comment une femme aussi brillante a-t-elle pu passer six années de sa vie avec un ivrogne comme moi ? Elle insiste mais je décline son offre, de toute façon je me remouillerai les pieds sur le chemin du retour, et j'enfonce dans mes baskets mes chaussettes trempées roulées en boule. C'est alors que je remarque la paire de souliers d'homme en cuir, à côté de mes chaussures.

— Et ton mari ? Il est au travail ?

— C’est dimanche aujourd’hui. Il est parti faire des courses.

Elle me devance dans le couloir, comme pour m’inciter à la suivre. Je suis sur le point de lui demander s’il sait que je viens, mais je me tais ; je ne sais pas comment je réagirais si une drôle d’atmosphère s’installait.

Le salon est juste de la bonne taille pour un couple, avec les bons meubles aux bons endroits, tout est comme il faut. Il y a une vieille étagère familière – elle date de notre époque –, mais aussi une table qui paraît neuve, et les deux vont bien ensemble.

Je reste là sans trop savoir quoi faire de moi dans cet espace inconnu, quand mon regard s’arrête soudain, en face du téléviseur qui mesure bien cinquante pouces, sur l’imposant canapé noir. Dessus, un être cher que je n’ai pas vu depuis longtemps. Je sens un sourire se dessiner sur mes lèvres. Après avoir demandé la permission à Renko qui prépare du thé dans la cuisine américaine, je m’approche doucement pour ne pas le surprendre.

Son dort, couché en U, les pattes étendues sur le côté. Sa fourrure dorée luit sous les pâles rayons de soleil qui pénètrent par la baie vitrée. Il a peut-être un peu maigri. Il paraît plongé dans un profond sommeil, le flanc parcouru d’ondulations paresseuses. Comme autrefois, j’approche mon nez de la partie la plus douce de son ventre, là où son pelage est blanc. Lorsque j'enfouis mon visage dans les poils soyeux, une odeur de poussière chauffée par le soleil m'enveloppe. A l'époque, Son était toujours à mon chevet quand je me réveillais, je baignais au quotidien dans son odeur. Derrière lui, il y avait le visage démaquillé de Renko endormie, l'odeur d'un être humain qui n'était pas moi.

Un ronronnement se fait entendre. Je relève la tête : Son a les yeux entrouverts. Je lui demande pardon de l'avoir réveillé et il se lèche les babines d'un coup de sa longue langue avant de pousser un petit miaulement. L'émotion me submerge et les larmes me montent aux yeux.

— Ça va ? demande Renko en souriant de ma faiblesse.

— Pardon. Je suis mal placé pour pleurer.

— Ne fais donc pas le fier.

— Ça craint, j'ai de plus en plus la larme facile… Tout de même, c'est pour toi que c'est le plus dur.

D'après Renko, l'été dernier, Son avait soudain commencé à ne plus tenir sur ses pattes. A cause des températures beaucoup plus élevées que d'habitude, elle avait pensé à un coup de chaleur mais, un matin, il avait brutalement vomi son repas. Il aurait pu s'agir d'une boule de poils régurgitée, c'était fréquent, mais il n'avait vraiment pas l'air en forme. Il n'avait guère d'appétit depuis un moment. En revanche, il buvait beaucoup. Elle aurait voulu, là encore, voir un effet de l'été. La recherche des symptômes sur Internet faisait craindre une insuffisance rénale, diagnostic confirmé par le vétérinaire chez qui elle l'avait emmené, très inquiète. Il lui avait fallu en prendre son parti. Ensuite, Son avait suivi une diète spéciale, et puis il y avait eu les perfusions sous-cutanées et les piqûres plusieurs fois par semaine à la clinique, m'a-t-elle expliqué en nous préparant du thé vert.

— Au bout d'un moment ses résultats se stabilisaient et il retrouvait l'appétit, puis son état se dégradait de nouveau et on recommençait, mais c'est la semaine dernière, je crois, quand je suis allée à la clinique, le vétérinaire m'a annoncé que c'était la fin… Alors, je me suis dit qu'il fallait que je te prévienne.

Renko pose une tasse devant moi, installé près de Son, et s'assied sur une chaise près de la table, où elle boit lentement son thé, à petites gorgées.

— Du coup, je n'ai pas eu le temps d'être triste.

— Je vois.

C'est tout ce que j'arrive à dire. Que pourrais-je savoir de sa peine ? Je suis nul.

Après m'avoir léché la main, Son se lève lentement et s'étire en faisant le gros dos. Sa longue queue qu'il tient toute droite tremblote. Il me regarde d'un air endormi et pousse encore un petit miaulement. Puis il descend sans bruit du canapé en se frottant contre ma cuisse, se dirige tranquillement vers Renko, contre qui il se frotte de même, et va s'asseoir devant le poêle à gaz, les yeux clos. On dirait un vieil homme qui savoure la chaleur du bain dans une station thermale. Il a toujours préféré le poêle à gaz à la table basse chauffante, tant et si bien qu'il s'en approchait trop et s'y brûlait souvent.

— Il continue à se roussir les poils ?

— Oui, une fois par an environ.

Ce poêle à gaz, c'était le nôtre, avant ; nous venions de l'acheter quand Son, sous nos yeux, a sauté sans se douter de rien sur la plaque réservée à la bouilloire, tellement chaude qu'elle dégageait un nuage de chaleur. Nous n'avons pas eu le temps de crier ; à peine ses pattes l'avaient-elles effleurée qu'il a bondi comme jamais pour filer se réfugier derrière la télévision, où il a vomi. Sa cavalcade avait été si cocasse que nous avons d'abord éclaté de rire, avant de nous faire du souci. Ses coussinets sont restés rouges et enflés pendant quelques jours, après quoi ils ont pelé et durci. Plus jamais il n'est remonté sur cette plaque, mais je me demandais bien ce qu'il avait dans le crâne ; était-il un peu dérangé, très curieux ou juste insouciant ?

Je repense à cet épisode, les yeux sur le profil de Son qui se prélasse devant le poêle, quand j'entends la porte d'entrée s'ouvrir. En me voyant tressaillir, Renko prend un air amusé.

Un type tout en longueur entre, un sac de provisions à la main. Renko me présente : « C'est Hayakawa. » Le gars, qui doit bien mesurer un mètre quatre-vingt-dix, a un visage taillé en lame de couteau – affublé en prime d'un long et fin nez en bec d'aigle –, des yeux tombants aux paupières lourdes qui lui donnent un air endormi et une petite bouche – la seule chose petite chez lui – qui murmure comme honteusement « Je suis Miyata Yoshinori » pendant qu'il me tend la main. Ne sachant pas trop quoi dire non plus, je réponds avec une courbette, moi c'est Hayakawa. Même les doigts de la main que je serre sont longs.

A ce moment-là, une nouvelle vague d'embarras me submerge. J'ai accouru en réponse à l'appel de Renko, très bien, mais sans accorder la moindre pensée à la suite des événements. Maintenant que j'ai vu Son, je n'ai plus rien à faire ici. Je vide ma tasse de thé vert et regarde ma montre avec ostentation.

Mais tous deux ont sorti les provisions du sac avec un naturel désarmant et, sans rien dire, se sont attelés à la cuisine. Virevoltant autour de Renko qui, un couteau à la main, découpe avec dextérité du chou chinois, des shiitakés et du poulet, Miyata s'affaire, avec une agilité surprenante pour sa grande taille, à mettre le couvert. Tandis que je les regarde s'activer de dos, synchronisés comme les patrons d'un restaurant de ramen, un pot-au-feu au poulet est bientôt dressé sur la table. Ils ont sans doute prévu que nous partagerions ce plat.

— Tu prends une bière, n'est-ce pas ? affirme Renko en versant dans mon verre le contenu d'une canette.

Avant, elle ne buvait pas d'alcool. Je m'apprête à servir Miyata quand il m'arrête ; lui non plus ne boit pas. Ce qui signifie que cette bière, il l'a achetée pour moi.

— Tu continues à boire tous les jours ?

— Certainement pas. Je fais abstinence quatre jours par an.

Renko rit jaune. Miyata me regarde en faisant la moue. J'avale une rasade du liquide amer avec l'impression d'être un affreux jojo.

Qu'est-ce que ça fait, de manger dans la même marmite que l'ex de sa femme ? Rien que chercher à l'imaginer m'est désagréable ; à la place de Miyata, j'espérerais sûrement que l'autre reparte vite fait, mais ça n'a pas l'air de le travailler. Il laisse papillonner ses baguettes ici et là, m'écoutant avec intérêt parler des scénarios de films historiques auxquels j'ai travaillé.

— Pour ce genre d'œuvres, vous procédez à des vérifications détaillées, j'imagine ?

— Oui. Parce que sinon, on s'expose à recevoir des plaintes des auditeurs. La NHK a dans ses rangs un spécialiste. Quelqu'un qui s'occupe des vérifications pour toutes les émissions historiques de la chaîne, les séries comme le reste.

— Une seule personne ?

— Il arrive que quelqu'un d'autre, un professeur d'université, par exemple, soit également sollicité, mais même dans ce cas, le spécialiste intervient. S'il quittait la chaîne, je ne sais pas comment on ferait.

— C'est assez précis ? Les vérifications ?

La question émane de Renko qui, près de la fontaine à eau de Son, lui fait avaler sa pâtée à laquelle sont mélangés des médicaments en poudre.

— Sacrément. On n'y peut rien, c'est un mal nécessaire, mais le type est une vraie langue de vipère. Du genre à écrire dans un coin de son rapport qu'on a été bien courageux de se lancer dans un film historique avec de si maigres connaissances.

— Il n'y va pas de main morte, commente-t-elle, une étincelle dans les yeux.

— J'étais tellement énervé que j'ai dit au producteur que je voulais le rencontrer, j'avais deux ou trois choses à lui dire, mais il s'est défilé. Il a refusé tout net, il n'avait pas envie de se prendre une beigne.

— Il a l'air d'un mec plutôt bien, non ?

Renko rit à s'en tenir les côtes, tandis que Miyata fait la grimace, il trouve ça horrible. Il prend la chose tellement au sérieux que je me sens obligé d'ajouter que ce spécialiste est important pour moi car sortir un film bourré d'erreurs historiques, c'est la honte pour un scénariste – non sans m'inquiéter de ce qui ne me regarde pas : Renko s'entend-elle vraiment bien avec un type qui prend tout au premier degré ?

— Et en ce moment, qu'écrivez-vous ? demande-t-il en se tournant vers moi.

Voyant que je ne réponds pas, Renko me tend la perche :

— Un scénario de film ?

— Euh, oui, on peut dire ça.

— Les films, ça prend du temps.

Miyata hoche la tête avec un grognement d'approbation. Moi, je me sens piteux. Si Renko s'est portée à mon secours, c'est à coup sûr qu'elle sait que je suis au point mort. Je reprends :

— Moi aussi, si j'étais réalisateur… Je pourrais tourner des publicités, quelque chose qui rapporte.

— Ah oui, ça paie vraiment bien, la pub ?

En guise de réponse, je lance à Renko :

— Même les bentos qu'on vous sert sont mieux, non ?

— Oh oui, ils viennent de chez Imahan, opine-t-elle avec un brin de fierté.

— Tu veux parler du restaurant de sukiyaki ? Ils font des bentos ?

Miyata s'étonne, mais pour autre chose. Je renchéris :

— Eh oui ! Tout de même, on se demande bien comment le secteur a autant d'argent.

— Mais moi non plus, ces derniers temps, on ne me confie plus de spots publicitaires. Avec ce que me coûte le vétérinaire, une pub par an, ce serait pourtant bienvenu.

— A quoi travailles-tu en ce moment ?

— On m'a sollicitée pour une série, mais je crois que je vais refuser. Il faudrait que je m'absente pour les repérages et tout un tas de choses. Je ne peux pas laisser Son seul.

— Je suis là, moi, dit Miyata.

— Oui, mais dans la journée, tu es au travail, rétorque-t-elle.

A-t-il compris qu'on parlait de lui, Son lève la tête de son écuelle pour se tourner vers nous. Il nous observe tour à tour en se léchant les babines, puis, après nous avoir comparés, va s'asseoir, les pattes bien alignées, aux pieds de Miyata qu'il regarde fixement. Il veut grimper sur ses genoux, mais il n'a pas la force de sauter. Miyata semble comprendre le message car il l'attrape des deux mains. Une fois en haut, Son lui lèche la bouche, les pattes avant sur sa poitrine.

C'est alors que ces mots m'échappent :

— Je peux m'en occuper.

Renko et Miyata me dévisagent, sidérés. Je répète mon offre. Ma réaction n'est absolument pas dictée par la jalousie. Pourtant, si on m'interrogeait sur ma motivation, j'aurais sûrement du mal à trouver une autre réponse.

Son bâille, comme si tout cela l'indifférait.

Mari martèle son incompréhension, péremptoire.

— Et pourquoi serait-ce à toi de t'occuper de ce chat ?

— Parce qu'au départ, c'est moi qui l'ai recueilli.

— L'autre jour, tu m'as dit que c'était un ami.

— C'est vrai, c'est un ami qui l'a trouvé, mais comme il m'a proposé de le prendre, ça revient au même, c'est moi qui l'ai recueilli.

— Mais en fin de compte, c'est elle qui l'a gardé ?

— Oui.

— Dans ce cas, maintenant, tu n'as plus rien à voir avec tout ça.

— Je te le répète : vu qu'elle m'a contacté parce que c'est moi qui l'avais recueilli, ce ne serait pas correct de ma part de faire comme si de rien n'était.

Nous n'étions pas encore arrivés au bar que la conversation tournait déjà en boucle. Derrière le comptoir de l'établissement encore fermé quelques minutes plus tôt et où flotte l'haleine chargée d'alcool des clients de la veille, Mari, à qui l'énervement a même fait oublier de mettre de la musique, casse un pain de glace à grand bruit et lave les verres d'hier soir en soulevant des gerbes d'eau rageuses. Moi, je bois une bière, au bout du rouleau.

— Et l’autre en dit quoi ?

— Qui ça, Mikita ? Elle est d’accord.

— Pas elle. Son mari.

— Ah, eh bien, il a dit que si ça lui convenait, on n’avait qu’à faire comme ça.

— Il dit ça pour lui faire plaisir, c’est clair. Ou alors il ne tourne pas rond.

La sérénité affichée par Miyata quand j’ai proposé de m’occuper de Son avec eux me revient à l’esprit. Il ne s’en est pas départi jusqu’à mon départ. J’ai pensé qu’il dissimulait ses sentiments mais cela pouvait aussi bien être de la candeur, tout simplement.

— Tu ne peux pas comprendre, tu n’as jamais eu d’animal.

— Je comprends parfaitement. Je vois bien que tu cherches à te servir du chat pour te remettre avec elle.

A bientôt quarante ans, se disputer comme des chiffonniers à propos d’un chat était lamentable. J’étais égoïste et prompt à me défiler, rien de bien reluisant, mais Mari, que la colère rendait incapable de mentir, ne valait guère mieux. Comment en étions-nous arrivés là ? Notre rencontre n’augurait sans doute déjà rien de bon. Fraîchement séparé de Renko, j’étais un peu perdu dans ce retour à une vie de célibataire lorsque nos chemins s’étaient croisés. Trahie par l’homme avec qui elle était depuis un an, elle hésitait à le quitter ; pour tromper notre vague à l'âme, nous avions passé une nuit ensemble, puis deux, puis trois. Et comme l'habitude a quelque chose d'effrayant, cela faisait maintenant deux ans que nous nous fréquentions par intermittence, soucieux de préserver les souvenirs construits ensemble, tour à tour heureux de nous dire que c'était peut-être pour de bon et éplorés d'avoir fait fausse route, polissant chacun notre tour cette pierre ramassée par hasard dans laquelle nous refusions de voir un simple caillou, priant pour que ce soit une pierre précieuse – n'importe laquelle ferait l'affaire – et fournissant sans relâche les vains mais vaillants efforts qui nous avaient soutenus jusqu'à ce jour.

Mari ne risque pas de comprendre ma relation avec Renko, et je ne le souhaite pas. Je préfère même qu'elle n'y pige rien. Sinon, mes liens avec elle aussi se dénoueraient. De toute façon, elle sait pertinemment que si je viens boire chez elle, ce n'est pas sans arrière-pensées.

Quatre ans plus tôt, une équipe en charge des séries télévisées sur une chaîne privée m'avait contacté, alors que j'œuvrais principalement dans le monde du cinéma. Le producteur, un dénommé Tano de douze ans mon aîné qui affirmait avoir suivi mon travail depuis mes débuts dans le circuit indépendant, s'était lancé dans une critique des séries actuelles. Etant donné que je n'en regardais jamais, je n'avais pas saisi le dixième de ce qu'il racontait, mais ce que j'avais bien compris, c'était qu'il voulait faire quelque chose de nouveau qui briserait les codes.

— Mais les séries, je n'y connais presque rien, vous savez.

— Justement, c'est tout l'intérêt. Avec vos idées, votre œil de novice, vous allez révolutionner le genre.

Ce n'était rien de plus qu'une flatterie convenue destinée à me séduire, comme en dégoisent tous les producteurs, mais cela m'ébranla. Pour moi qui n'avais jamais écrit que dans le cadre contraint d'un long-métrage, une série avait quelque chose d'alléchant. Il y avait sûrement des choses à faire dans ce format.

Le projet apporté par Tano était l'histoire d'une jeune femme chef qui redonnait tout son lustre à un restaurant de cuisine à l'occidentale autrefois renommé, mais que la mort du chef précédent avait précipité vers la faillite. Un scénario des plus banals, dont on se demandait bien où se nichait la nouveauté, mais j'avais dû m'incliner quand il avait soutenu que l'adhésion du public féminin était cruciale, et je m'étais attelé à l'écriture, bien qu'à contrecœur. C'est alors que les problèmes commencèrent.

J'avais achevé le deuxième épisode quand l'agent de l'actrice qui tenait le rôle-titre rua dans les brancards. Ses réclamations, qui remettaient en cause le projet dans ses fondements, étaient totalement irrecevables ; je les balayai d'un geste.

Mais à ma grande surprise, Tano, dont je pensais avoir le soutien sans faille, prit son parti. Le producteur à la solde d'une chaîne de télévision qu'il était ne cessait de hocher la tête en reconnaissant que l'actrice n'avait pas tort ; clairement, il tenait surtout à ne pas se fâcher avec son agent. Parce qu'un couac maintenant remettrait en cause tous les projets à venir. J'aurais dû abandonner la partie à ce moment-là, mais je me laissai convaincre à mon corps défendant et continuai à écrire. L'intérêt que Tano portait à mes films depuis longtemps me motivait – ce qui joua contre moi.

A partir de là, les modifications réclamées par l'actrice et son agent devinrent sans fin. Et ce n'est pas tout : une fois le tournage commencé, ce fut au tour des sponsors, du programmateur et du réalisateur de venir mettre leur grain de sel, jour après jour. Cela aurait dû être l'occasion pour mon équipe de prouver son savoir-faire, en contentant chacun sans dévier de la ligne directrice, mais nous avions trop peu d'alliés pour y parvenir. Mon ignorance, censée être ma meilleure arme, s'était retournée contre moi.

J'accumulais les retards dans l'écriture ; je n'avais pas encore atteint la moitié du scénario quand la diffusion commença. Les résultats d'audience publiés le lendemain étaient les plus mauvais de leur tranche horaire. Les justifications de Tano – nous avions eu la malchance de nous retrouver face au patinage artistique, ça remonterait la semaine d'après – sonnaient creux. La semaine suivante, c'était encore pire. L'audimat, on s'en fiche, avais-je claironné avant la diffusion, mais avoir les chiffres sous les yeux était plus déstabilisant que je ne l'imaginais. Et en plus, je n'avais pas encore fini d'écrire. Quelle angoisse de devoir continuer tout en sachant la partie perdue d'avance ! A la fin, j'étais au fond du trou. Je n'étais plus qu'une machine à écrire dotée d'un pouls.

Lors de la fête donnée à l'issue du tournage, je me retrouvai face à l'actrice. Cette fille quelconque qui ne devait sa carrière qu'à son physique me salua comme si de rien n'était avec un sourire. Histoire d'en rajouter à ma torture. Je m'en voulais à mort.

Quelques jours plus tard, Tano m'invita dans un restaurant de sushis pour soi-disant fêter la fin du tournage ; nous prîmes place côte à côte au comptoir. Ce type entre deux âges – son père avait, paraît-il, été l'un des directeurs de la chaîne de télévision qui l'employait – passa son temps à débiner tous ceux qui avaient participé au projet, à part moi. Absolument pas dupe de sa posture, je le regardai sans mot dire se soûler méthodiquement.

Au moment de se séparer, à la sortie du deuxième établissement, il s'inclina une nouvelle fois devant moi :

— Je vous ai embarqué dans une sacrée galère… Je suis seul responsable, c'est moi qui vous ai choisi. Je suis désolé de vous avoir infligé cela.

Sans doute était-il sincère et à mille lieues de remarquer l'effet que ses paroles avaient sur moi. Je ne retravaillerai jamais avec toi, ai-je pensé sans pour autant me départir de mon sourire.

Je crois bien que c'est à ce moment-là que j'ai cessé de croire au pouvoir de la fiction.

Jusque-là, le fait que le cinéma soit devenu mon gagne-pain n'avait pas entamé ma passion et je passais mon temps dans les salles obscures, des multiplexes aux cinémas d'art et d'essai ; désormais, je passais devant sans m'arrêter. Les livres que j'achetais autrefois presque quotidiennement pour nourrir mes personnages et mes scénarios n'éveillaient plus le moindre intérêt en moi, la musique que j'écoutais en travaillant me cassait les oreilles, je l'éteignais tout de suite. Les œuvres tournées par d'autres me semblaient vides de sens et aucun de leurs écrits ne faisait battre mon cœur plus vite. Quant à ce que j'écrivais moi-même, c'était encore pire : chaque réplique était si plate et insipide qu'à la relecture, je doutais d'en être l'auteur. Dans ces circonstances, ma production ne risquait pas d'intéresser quiconque. En termes de critiques comme de chiffres d'audience, ma cote évoluait dans les bas-fonds.

Ma seule béquille c'est l'alcool. Tout était bon pour oublier, amphétamines, cannabis, mais pour moi qui déteste me compliquer la vie, l'alcool – à portée de main partout et tout de suite – était le plus commode. Me réveiller le lendemain avec un mal de crâne horrible et l'envie de gerber était tout ce que je méritais. L'alcool était le crime, et la gueule de bois le châtiment. Mari tenait un bar, ce qui tombait à pic. Les jours sans souvenirs de la nuit précédente se succédaient.

J'étais revenu au cinéma, avec le maigre espoir que je n'étais tout simplement pas fait pour les séries, mais je n'arrivais pas à retrouver le fil. Au contraire, plus les jours passaient et plus un vide se creusait dans ma poitrine. Si j'étais allé consulter, on aurait collé une étiquette ou une autre sur mon état, c'est certain. Mais je refusais de le reconnaître ; je restais obstinément seul.

Un producteur que je connaissais de longue date s'était inquiété pour moi ; pris de compassion pour ce scénariste en train de couler, il m'avait sollicité pour des petits travaux pas trop compliqués. Il s'appelait Osato et comme c'était à lui que je devais mes débuts dans le métier, j'acceptai par pure politesse, mais j'étais déjà au bout du rouleau. J'avais vécu de la fiction ; en découvrir l'absurdité, c'était comme nier ma propre existence. Incapable d'écrire un seul mot, je finis par prendre la tangente. Mon dernier souvenir de cet épisode, c'est la liste de plusieurs dizaines d'appels d'Osato sur mon portable.

Quand quelqu'un qui n'a jamais su mettre de l'argent de côté oublie comment gagner sa vie, il ne lui reste qu'un seul recours : ses semblables. Dans le cas d'un homme, ce semblable peut être une femme. Au début, Mari s'était empressée autour de moi comme une héroïne de film. Au fil de mes visites rapprochées au bar – j'étais bien décidé à en profiter le plus possible –, elle avait fini par percer à jour mon dessein et compris que je ne venais pas pour la voir mais pour boire à l'œil. Son ardeur s'était aussitôt refroidie. Et voilà que maintenant, je renouais avec Renko. De son point de vue à elle, cela revenait à verser de l'huile sur le feu, même l'abruti que j'étais le comprenait.

Malgré l'hostilité de Mari, ma détermination à soigner Son ne faiblissait pas. Derrière le petit animal à la fourrure dorée et aux joues un peu plus creuses qu'avant, des souvenirs se faisaient timidement jour. J'avais envie de suivre leur contour, de retrouver leurs formes. De l'extérieur, cela pouvait ressembler à des regrets, mais je m'en fichais. Je voulais juste mesurer ce que j'avais perdu.

Si elle avait vu un de mes films avant de tourner son premier film, elle aurait peut-être renoncé à devenir réalisatrice. Voilà ce que m'avait dit Mikita Renko lorsque nous nous étions rencontrés. Elle était venue, en compagnie d'un critique de cinéma d'âge mûr, à l'avant-première du nouveau long-métrage dont j'avais écrit le scénario.

Pris sous le feu de prunelles rondes cachées derrière de longs cils, j'avais protesté sans parvenir à relever la tête, tout le mérite revenait au réalisateur.

Quelques jours plus tard, elle m'envoyait des billets pour son dernier film. J'y allai, et comme c'était par hasard un jour où il y avait un débat, elle apparut devant l'écran à l'issue de la projection. Affligée d'un présentateur maladroit, elle menait la conversation avec un cran admirable, et moi je la contemplais furtivement, sans trop savoir pourquoi je me cachais. Peut-être craignais-je de croiser son regard. A la fin, alors qu'elle était entourée de fans qui lui réclamaient un autographe, je m'éclipsai sans l'aborder.

Le lendemain, lorsque je lui envoyai mes commentaires par mail, elle me répondit par une invitation à dîner. Dans le bistrot japonais où nous nous étions donné rendez-vous, elle sortit un manga de son sac. Elle m'expliqua avec fougue qu'elle cherchait depuis plusieurs années à l'adapter, avant de m'annoncer qu'elle voulait me confier le scénario.

Exalté, je lus l'histoire d'une traite : un jeune citadin en voyage qui avait laissé passer son arrêt de bus se retrouvait dans un petit village où se pratiquait encore la coutume des visites galantes nocturnes. Il rencontrait une jeune campagnarde avec qui il perdait son innocence jusque-là préservée. Tel était, en gros, le sujet.

Je l'informai immédiatement de mon souhait d'écrire le scénario, mais alors que le projet s'apprêtait à démarrer pour de bon, nous apprîmes que les droits d'adaptation avaient été acquis par un réalisateur connu. Renko et moi émergeant à peine du circuit indépendant, nous manquions de capital confiance et nous avons capitulé ; nous sommes allés sombrement dîner à Shinjuku, histoire d'enterrer l'affaire. Renko, qui ne buvait pas d'alcool, carburait au thé Oolong.

Notre histoire aurait pu se terminer là, mais quand ce n'était pas elle qui m'invitait au théâtre, c'était moi qui lui proposais d'aller au cinéma, nous trouvions toujours une bonne raison de nous voir. Lorsque je la raccompagnais au dernier train avant d'aller boire encore un verre tout seul, elle insistait toujours pour me tenir compagnie. Vu que nous ne roulions pas sur l'or, c'était souvent de la bière et des cacahouètes achetées à la supérette et grignotées sur les marches du sanctuaire Hanazono en attendant l'heure du premier train. Je m'en voulais de la faire veiller si tard alors qu'elle ne buvait pas, mais en même temps, pourquoi tenait-elle tant à rester ? Cela me dépassait.

Un homme qui fait des films est juste un cinéaste, mais si c'est une femme, on met l'accent sur son sexe ; pourquoi ? C'était, à l'époque, le cheval de bataille de Renko. Dans son art comme dans sa vie quotidienne, elle détestait être réduite à son statut de femme, mais dans le même temps, plus elle tentait de s'éloigner de sa condition féminine et plus celle-ci la rattrapait ; quelque part, l'exaspération qu'elle en retirait faisait partie intégrante de l'originalité de ses œuvres.

Assurément, le machisme persistant du monde du cinéma a quelque chose de puéril : le simple fait d'être une femme expose à être moquée et dévalorisée. Un jour que je prenais un pot avec des collègues, le nom de Mikita Renko a soudain surgi dans la conversation et comme de bien entendu, sans le moins du monde débattre de ses films, les uns et les autres se sont focalisés sur son apparence physique et sa sexualité, alignant vérités et contrevérités entre deux rires gras.

Moi qui étais plus ou moins lié avec elle, je culpabilisais d'abonder dans leur sens et leur bêtise m'énervait. Pourtant, un peu honteux de ces sentiments, je me taisais.

C'est alors qu'un vieux briscard, un réalisateur estimé pour ses représentations de la femme, se mit à parler d'une soirée qu'il avait passée avec Renko. Il était très redouté pour son mordant et sa sévérité à l'égard des jeunes, et réputé pour collectionner les femmes.

— Cette fille, avant de faire du cinéma, elle était modèle vivant.

— Modèle vivant ?

— Pour des artistes. Elle posait nue devant des peintres.

— Je vois.

— Ça revient à se prostituer, non ? Je lui ai fait la leçon en lui disant que c'était honteux de chercher à gagner de l'argent en se déshabillant, et vous savez ce qu'elle m'a répondu ? « Parce que vous ne vous mettez pas à nu dans vos films ? Vous manquez de nerf. »

Devant le vieux cinéaste qui vidait son verre de liqueur parmi les éclats de rire en murmurant « elle m'a bien eu », je me sentis transporté, quelle fille c'était ! Savoir qu'il existait une autre Mikita Renko que celle que je connaissais m'a bouleversé.

Mon film suivant, sorti dans la foulée, connut un petit succès commercial et critique, et quelques jours après mon retour d'un festival international de cinéma en Corée du Sud où l'on m'avait emmené en guise de récompense, j'invitai Renko à Shinjuku pour lui donner un cadeau rapporté de là-bas. Et quel cadeau ! Des paquets de nouilles instantanées au goût indéterminé, couverts de couleurs criardes et de caractères *hangul* cryptographiques, qu'elle accepta en disant qu'elle ne mangeait jamais normalement ce genre de choses mais que c'était mieux que rien – le tout avec un sourire ravi qui démentait ses paroles.

Après avoir pris un verre dans plusieurs endroits, nous finissions la nuit dans un restaurant chinois ouvert jusqu'à l'aube, dans l'attente du premier métro, quand un homme assis à une table voisine se mit à jouer les intrus. Un type d'âge mûr, avec du ventre et des cheveux trop noirs parsemés de pellicules grosses comme des gouttes d'eau qui luisaient de façon dégoûtante. Renko fit exprès de ne pas réagir, mais plus elle l'ignorait et plus il s'incrustait. Moi qui pensais savoir y faire avec les poivrots, je répondais du bout des lèvres à ses avances, ce qui se retourna contre moi : le type se crut admis à notre table et, ne se sentant plus, nous tendit même sa carte. Il travaillait chez un petit éditeur dont je n'avais jamais entendu parler. Il nous demanda en retour nos cartes de visite.

Je n'en ai pas, lança Renko. Ce qui, de surprise, nous fit tourner la tête à l'unisson, le type et moi. Et tu peux te la garder, ta carte de visite. D'où tu te crois permis de nous adresser la parole ? Elle gardait les yeux fixés sur le plat de sauté de liserons d'eau posé sur la table. Pendant que l'homme, ébranlé, émettait à grand-peine un petit rire gêné, je me dépêchai de régler l'addition et de partir avec Renko.

Nous attendions le premier métro en errant à travers Shinjuku encore sombre, au point du jour. Renko gardait les poings serrés. Ce genre de type, on en rencontre partout, lui dis-je, il suffit de leur sourire en attendant qu'ils s'écroulent ivres morts, tu gaspilles ton énergie à leur rentrer dans le lard ; ça ne te fatigue pas de réagir ainsi ? Mon discours fit jaillir ses larmes. Ebranlé par ces pleurs inattendus, je la fis s'asseoir sur les marches menant à une salle de jeux vidéo dont le rideau de fer était baissé. Muette, elle laissait les larmes lui mouiller les joues. Plusieurs paires de jambes à la démarche précaire d'ivrognes passèrent devant nous.

Je t'aime, dis-je. Moi aussi, répondit-elle. Toutes ces nuits, tout ce qui avait précédé n'avait existé que pour ce bref échange, compris-je enfin, comme si j'avais résolu un mystère. C'était six mois après notre rencontre, par un petit matin froid d'automne.

Nous avons pris sans attendre le premier train de la ligne Yamanote et, après être descendus à la gare d'Otsuka, nous avons traversé les voies du tramway à contre-courant du flot d'employés partant au travail. En haut d'une courte côte, Renko annonça, c'est là, en tendant le doigt vers un vieil immeuble. C'est là que j'habite.

Nous avons passé deux jours sur les tatamis fanés, sans même prendre la peine d'allumer la lumière. Quand nous avions faim, pour éviter de perdre du temps à sortir, nous préparions ensemble, nus sous une couverture, les nouilles instantanées coréennes que je lui avais offertes, en cassant juste un œuf dessus. C'est plutôt bon, en fait, commenta-t-elle en les avalant de bon cœur. Ensuite, nous retournions nous allonger sur les tatamis. Après avoir longuement fait l'amour, nos paupières s'alourdissaient et nous nous abandonnions au sommeil. Quand Renko se réveilla au bout de la énième fois et qu'elle sentit le tremblement de mon épaule collée à la sienne dans la pénombre – était-ce le soir ou le matin, impossible à déterminer –, elle me demanda avec un sourire ce qui pouvait bien me faire pleurer.

J'étais effectivement peut-être un peu trop insouciant. Me rendre régulièrement chez mon ex pour m'occuper d'un chat en fin de vie, un chat que j'avais recueilli autrefois par hasard et que nous avions élevé ensemble quelques années, était déjà suffisamment glauque, mais en plus cette ex vivait avec quelqu'un d'autre, qui en prime était son mari. En toute honnêteté, je devais reconnaître que Mari n'avait pas tort.

Dès le surlendemain de ma visite à Son, je me suis mis à faire l'aller et retour jusqu'à Higashi-matsubara. Renko, qui avait fini par accepter de tourner cette série pour le câble – Miyata et moi avions insisté –, quittait la maison avant midi quand elle avait des rendez-vous liés au tournage prévu un mois plus tard ; je faisais donc en sorte d'y aller pour dix heures. En général, nous nous rencontrions, mais il arrivait qu'elle ne soit déjà plus là, et dans ce cas la clé était dans la boîte aux lettres à code, comme convenu. Miyata, qui partait tôt le matin, était absent. Lorsque j'entrais dans le salon blanc vide de ses propriétaires, immanquablement, Son dormait sur le canapé.

Il était traité pour son insuffisance rénale et dans les cas chroniques comme le sien où le corps finit par lâcher, la seule solution semblait être le recours aux piqûres, à la diète et aux perfusions sous-cutanées. Renko avait consigné dans un cahier les médicaments et la quantité de nourriture à lui faire ingérer à chaque repas. Après avoir vérifié s'il avait de l'appétit, il ne me restait plus qu'à noter le nombre de fois où il faisait ses besoins et l'apparence de ses crottes ; en dehors de cela, à moi de trouver à m'occuper tout en le surveillant d'un œil. Il dormait sur le canapé ou devant le poêle à gaz, s'appliquant par moments à faire sa toilette avant de reposer le menton sur ses pattes de devant, les yeux fermés.

Parmi toutes les théories qui circulent, l'une d'entre elles veut qu'un chat oublie le visage de son maître en deux semaines. Peu importe que cela soit vrai ou non, mais un jour où j'étais rentré à la maison après trois semaines d'absence consacrées à l'écriture d'un long scénario pour une grosse production, Son qui s'était précipité tout joyeux dans l'entrée, à l'instant où il m'avait vu, avait ouvert de grands yeux choqués avant de filer se cacher au fond de l'appartement. Sans doute s'attendait-il à voir Renko. Réfugié dans le cabinet de toilette attenant à la salle de bains, il avait longuement réfléchi, la tête penchée, et peut-être la mémoire lui était-elle revenue car au bout d'une vingtaine de minutes il avait fait une timide apparition dans le salon où il m'avait regardé, assis à la table basse en train de boire une bière, d'un air qui semblait vouloir dire « ah bon, c'était toi ? », puis il avait éternué un coup avant de venir frotter sa tête contre ma hanche.

Alors que je réapparaissais dans sa vie après un blanc de cinq ans – même si c'était pour peu de temps –, Son n'avait pas manifesté de défiance comme cette fameuse fois. Etait-ce l'âge qui le rendait moins méfiant et lui faisait prendre du recul ? Peut-être était-il trop affaibli par la maladie. Il ne relevait pas la tête lorsque j'approchais et se laissait faire quand je le caressais, sans même ouvrir les yeux. Son manque de réaction m'attristait un peu. Je n'avais jamais su résister à l'envie de le titiller quand il dormait, il avait toujours fallu que je le provoque. Dérangé dans son sommeil, Son se contentait à l'époque de me lancer un regard furieux, mais ensuite, lorsque j'étais plongé dans mon travail, il venait se planter devant mon ordinateur en me cachant l'écran. Cela faisait rire Renko, d'après qui je l'avais bien cherché.

Renko n'était pas absente tous les jours ; quand elle n'avait ni réunion ni audition, elle travaillait à son story-board ou annotait son scénario, installée dans son bureau ou à la table de la cuisine. Ces jours-là, ma présence n'était pas nécessaire, mais comme elle ne m'en informait pas à l'avance, c'était à mon arrivée, quand je la découvrais en train de faire la vaisselle ou la lessive, que je comprenais qu'elle était de repos ; il aurait été étrange de rebrousser chemin aussitôt, alors je jetais un coup d'œil à notre vieux chat et elle me servait un thé, puis des gâteaux, que j'acceptais, et je me retrouvais installé là, à vaguement regarder la télévision sans le son. Elle, de son côté, vaquait à ses occupations, allait aux toilettes au bout d'un moment, nous refaisait une tasse de café, en profitait pour venir grattouiller Son sous le menton avant de se remettre au travail. C'était exactement notre quotidien d'avant et, quand je me suis aperçu que je débarrassais la table ou nettoyais la litière de Son de mon propre chef, j'ai eu un choc. D'un côté je me sentais bien, comme quand on rentre chez soi après un long voyage, mais c'était aussi un peu dérangeant. Renko, parfaitement impassible, se mettait à préparer le dîner de Miyata quand le crépuscule tombait.

Du fait qu'il était journaliste, j'avais plus ou moins imaginé que Miyata aurait des horaires irréguliers, mais il menait la vie réglée d'un fonctionnaire de province, jamais rentré plus tard que vingt heures. Quelques jours après avoir commencé à m'occuper de Son, je lui avais dit que je me chargerais du chat en l'absence de Mikita et qu'il pouvait revenir un peu plus tard du travail, ce à quoi il avait répondu qu'il rentrait généralement à cette heure-là, chat ou pas chat, en plissant un peu ses yeux aux paupières lourdes. Moi qui n'avais aucune expérience de ce genre de travail, je ne risquais pas de savoir comment cela fonctionnait, mais n'avait-il jamais l'occasion d'aller prendre un verre avec des collègues, ou d'inviter à dîner les personnes qu'il interviewait ? Il ne buvait même pas d'alcool, semblait-il. Il me faisait pitié. Mais à la réflexion, alors qu'un drôle de type – l'ex de sa femme – se prélassait chez eux sous prétexte de s'occuper du chat, comment aurait-il pu aller boire un pot l'esprit tranquille ? Arrivé à cette conclusion toute simple, je me suis détesté d'avoir eu des pensées aussi tordues.

Les jours où Renko était là, je partais sans faute dès le retour de Miyata. Je savais qu'elle prenait soin de préparer à manger pour moi aussi, mais je faisais semblant de ne rien remarquer. Maîtresse dans l'art de lire dans mon cœur, elle me laissait agir à ma guise. Miyata, qui n'avait aucune raison de me retenir, opinait du chef avec la même ingénuité que lors de notre première rencontre en écoutant mon rapport sur la journée de Son, avant de me raccompagner avec Renko jusqu'à la porte d'entrée.

Bien entendu, les occasions de se retrouver ainsi à trois étaient peu nombreuses ; la plupart du temps, Son et moi passions nos journées seuls en attendant Miyata ou Renko. En général, c'était lui qui rentrait le premier. « Comment va Son ? » lançait-il en guise de bonsoir, s'enquérant sans tarder de l'état du chat. Je m'excusais d'être là et faisais rapidement le point sur la journée tout en préparant mes affaires. Au bout d'un moment, c'était devenu notre façon quotidienne de nous saluer.

Ce jour-là comme les autres, Miyata arrive à dix- neuf heures précises. Renko étant partie en repérage de bon matin, je suis seul dans l'appartement. Comme d'habitude, il prend des nouvelles de Son en ôtant sa veste. La diarrhée qui inquiétait Renko depuis deux jours s'est résorbée et, en fin d'après-midi, le chat a enfin eu des selles consistantes, il semble aller mieux. Mon annonce réjouit Miyata qui s'accroupit pour lui caresser le front en remarquant avec un soupir triste qu'à le voir, on ne le croyait pas malade.

— On dit souvent que les chats sont indéchiffrables, ou du moins peu expressifs. Ils ne montrent ni leur douleur ni leur plaisir, c'est à nous de nous demander s'ils souffrent ou s'ils sont heureux ; ils ont quelque chose d'émouvant, comparés aux autres animaux, d'un peu poignant et attendrissant.

Miyata hoche la tête à mes explications – je me la suis un peu joué – et murmure que Renko est pareille.

— Elle aussi, elle est indéchiffrable.

Persuadé qu'il plaisante, je m'attends à ce qu'il rie, mais il reste impassible. Il finit par lever ses longs bras pour s'étirer, puis se dirige vers la cuisine américaine où il jette un coup d'œil dans la casserole posée sur la plaque de cuisson. Je comprends à l'odeur à la fois douce et épicée que c'est un curry cuisiné à l'avance par Renko.

— Vous dînez avec moi, Hayakawa ?

— Non, je vais rentrer.

— Il est bon, le curry de Renko, vous savez.

— Oui, je sais.

— Ah oui, bien sûr.

— Non, ce n'est pas ce que je voulais dire.

Miyata tourne le bouton de la gazinière. Une flamme bleue se met à danser sous la casserole.

— Vous aimez le curry de Renko ?

— Je ne le déteste pas.

— Alors, mangez avec moi. Elle l'a sans doute préparé dans cette intention.

Après m'avoir confié la surveillance du curry, il sort du réfrigérateur une salade, elle aussi sûrement préparée par Renko, dispose sans tarder des oignons de Chine sur la table et réchauffe du riz au four à micro-ondes. Dans le même temps, des bulles commencent à apparaître à la surface du curry semblable à de la lave tiède. Sans se préoccuper de nous qui préparons le dîner, Son continue à dormir sur le canapé, oublieux du monde.

Face à face, Miyata et moi commençons à manger en silence. Son vaste dos rond cassé en deux au-dessus de son assiette, il porte sans interruption la cuillère à sa bouche. Soudain, une interrogation surgit dans ma poitrine : comment cet homme et Renko font-ils l'amour ?

C'est à ce moment-là qu'il lance tout à trac :

— Je n'arrive pas à l'imaginer.

Je m'étrangle, et ma main qui tient la cuillère suspend son geste.

— Que… quoi donc ?

— Eh bien, votre travail.

— Ah…

J'avale une gorgée d'eau.

— D'habitude, où travaillez-vous ?

— Normalement, chez moi.

— J'en serais incapable. Rester enfermé toute la journée à la maison à écrire. Il y a trop de tentations.

— C'est pareil pour moi.

— Que faites-vous dans ces cas-là ?

— Oh, je vais dans une cafétéria ou un bistrot.

Il me pose quelques questions qui le turlupinent concernant le métier de scénariste. Les salariés qui touchent leur paye chaque mois semblent toujours se demander comment survivent les gens de mon espèce. Je lui sers calmement mes réponses habituelles, impassible, et la discussion finit par porter sur l'aspect créatif.

— En premier, vous réfléchissez à un sujet ou, comment dire, à un thème ?

— Oui. Mais cela évolue au fil de l'écriture.

— Ah bon, c'est possible, ça ?

— Je ne sais pas si c'est possible, mais cela arrive.

— Mais un sujet, ce n'est quand même pas quelque chose qu'on peut modifier à la légère.

— Vous ne trouvez pas que parfois, c'est plus intéressant d'arriver ailleurs que prévu ?

Il penche la tête d'un air contrarié. Vu comme il est coincé, il ne doit pas beaucoup profiter de la vie, me dis-je.

— Et une fois que vous avez décidé du sujet, vous vous mettez à écrire ?

— Non, pour commencer, on établit un plan.

— Un plan, vous voulez dire, des étapes ?

— Oui, c'est ça. Dans mon cas, je pars sur un plan en trois actes.

— En trois actes ?

— Syd Field, qui est quelqu'un de très célèbre, écrivait de cette façon ; pour lui, dans chaque histoire, il y a trois grands moments. D'abord l'élément perturbateur, qui donne lieu à une confrontation et, pour finir, à une résolution. Perturbation, confrontation, résolution. Un scénario se structure en gros autour de ces trois étapes, c'est le concept.

Miyata me fixe, le regard vide.

— Comment dire, cela ne s'applique pas qu'à la fiction ; la plupart des choses peuvent être décomposées en trois parties. Par exemple, dans une journée, il y a le matin, le midi et le soir.

— Je vois, fait-il en hochant la tête à plusieurs reprises.

— Au cours d'une existence, on naît, on vit et on meurt.

— D'accord. C'est le fil de l'histoire.

— Exactement.

— C'est pareil pour les plantes : elles bourgeonnent, elles fleurissent, et puis elles fanent.

— Très bien.

— C'est amusant !

— Dans le cas d'une histoire policière, un crime est commis, on enquête, le coupable est découvert.

— Et si c'est une histoire d'amour…

— Rencontre, passion, séparation, en règle générale, déclaré-je.

Le journaliste au nez en bec d'aigle avale son curry en silence pendant un moment, avant de lancer soudain :

— Passion, séparation et retrouvailles, ça arrive aussi, non ?

Je relève la tête, surpris. Il me scrute.

— Vous êtes doué, Miyata.

— Mais je n'apprécie pas de vous voir ici, Hayakawa.

— J'en suis conscient.

Quelque chose me frôle les pieds. Je jette un coup d'œil sous la table : c'est Son, qui frotte sa tête et ses flancs contre nos jambes, à Miyata et moi. Après avoir ainsi passé en revue son territoire, il poursuit son chemin vers son écuelle. Peut-être parce qu'il est déshydraté à cause de sa maladie, il boit avec avidité, en soulevant des éclaboussures, et à peine le tiers de l'eau qu'il lape atterrit dans sa gueule. En a-t-il honte ?

Il se retourne de temps à autre, comme pour s'excuser.

— Moi aussi, je l'ai lu, reprend Miyata qui a terminé son assiette de curry. *La Mort suspendue.*

Il vide son verre d'eau d'un trait.

— C'est Renko qui me l'a conseillé.

— Ah bon ?

— Si vous vous êtes inspiré du nom de l'auteur pour baptiser Son, c'est qu'il devait être salement amoché quand vous l'avez recueilli.

— Cela dit, Simpson nous a tout de suite paru trop long, et plus personne ne s'est embêté à l'appeler ainsi…

Puisque Miyata m'a invité à dîner, je tiens au moins à faire la vaisselle avant de repartir, mais il refuse fermement et je me dirige vers l'entrée, mes affaires à la main. Quand je sors de l'immeuble, la neige a recommencé à tomber sur Tokyo.

Son avait frôlé la mort à Matsumizaka. C'était un acteur appelé Soejima Kazuya qui l'avait trouvé au petit matin, en rentrant d'une soirée bien arrosée ; des cris rauques, venus de nulle part, l'avaient alerté – jamais il n'aurait imaginé avoir affaire à un chat – et il avait découvert Son gisant dans les buissons du terre-plein central de l'avenue Awashima-dôri. Au début, il avait cru qu'il s'agissait d'un petit animal, une civette masquée, par exemple, mais la masse sombre n'avait rien de sauvage, elle ne faisait pas même mine de fuir. Comme on le comprit plus tard, avec sa patte arrière droite déboîtée, il n'était déjà plus en état de se mouvoir, même s'il avait voulu se sauver. Il avait, en prime, les paupières soudées par le pus. Si personne n'intervenait, il mourrait en quelques jours, cela ne faisait pas de doute.

Soejima, qui aimait les chats au point d'en avoir une portée de quatre alors qu'il vivait chichement dans un studio d'une dizaine de mètres carrés, ne pouvait l'abandonner ainsi ; il prit dans ses bras le corps agonisant et courut réveiller son vétérinaire attitré. Une fois l'animal déposé sur la table d'auscultation, m'avait-il raconté, il avait vu ramper des parasites sur sa chemise noire de boue d'où sautaient des puces.

Il m'avait téléphoné le jour même. A vrai dire, celui avec qui cet acteur en mal de succès s'était soûlé la veille, c'était moi, et par le plus grand des hasards, je lui avais dit que j'aimerais bien avoir un chat si l'occasion se présentait. Qu'il me prévienne s'il entendait parler d'un candidat à l'adoption dans le quartier.

— Hayakawa, le destin a frappé sans tarder, m'annonça-t-il au téléphone, totalement surexcité.

Moi, j'étais au contraire bien embarrassé. Parce que je m'étais mis en tête d'accueillir un chaton. Comme on dit que le caractère d'un chat se forme dans son âge tendre, j'étais décidé à adopter un mignon petit chat tout juste né, que j'élèverais et éduquerais tranquillement, et pour qui je serais le centre du monde.

Mais celui que me proposait Soejima était un chat de gouttière endurci qui avait au moins cinq ans et risquait de garder des séquelles irréversibles de sa patte déboîtée. Le prendre ne reviendrait-il pas à se charger d'un fardeau ? C'est ce que j'exposai ce soir-là à Renko au retour du travail quand je lui rapportai l'appel de Soejima.

A l'époque, Renko et moi entamions notre troisième année ensemble. C'était le début de l'automne et, un mois plus tôt, à l'occasion du renouvellement du bail de son appartement à Otsuka, nous avions décidé que je quitterais moi aussi le studio bon marché de Waseda où j'avais vécu cinq ans, pour nous installer ensemble ; nous venions à peine d'emménager dans une vieille maison à un étage, entre Hatsudai et Hatagaya.

Dans le salon où traînaient encore quelques cartons non défaits, Renko hocha lentement la tête, l'air pénétré.

— Commençons par aller le voir.

Sous le coup de l'excitation, sa voix partait dans les aigus. Si j'avais demandé à Soejima de nous mettre sur la piste d'un chat, c'était parce que Renko le souhaitait ardemment, et si nous avions choisi de nous installer dans une vieille mais vaste maison, c'était aussi avec cette idée en tête.

Le lendemain, nous avions rendez-vous à Sangenjaya, où Soejima vint à notre rencontre en jogging. Dans son studio exigu et décati, il y avait quatre chats qui couraient dans tous les sens. Comme le nouveau venu pouvait être porteur du sida du chat ou d'une autre maladie infectieuse, il n'avait pas sa place en compagnie des autres, nous expliqua-t-il en ouvrant la porte de la salle de bains qui donnait dans le vestibule. Je jetai un coup d'œil à l'intérieur : dans une cage qui m'arrivait presque à la taille gisait mollement un chat roux tout crasseux. En nous voyant, il recula d'un bond et, ses poils hérissés dépassant des barreaux, il se mit à feuler tellement fort qu'on pouvait craindre qu'il se brise les cordes vocales. Il réagit, ça prouve qu'il va mieux, sourit l'acteur méconnu, qui nous expliqua avec force détails que le chat devait rester à l'isolement au moins une semaine encore, qu'il faudrait le vacciner quand il serait plus en forme et le faire examiner pour s'assurer qu'il n'avait pas d'autre problème de santé. A côté de moi, Renko, dont je n'aurais su dire si elle écoutait ou non les explications de Soejima, regardait fixement le félin tout crotté. Derrière les barreaux de la cage, ses yeux encore remplis de pus faisaient mal à voir.

Sur le chemin du retour, dans la rue commerçante de la gare de Hatsudai, nous sommes tombés sur une boutique d'accessoires pour animaux. Cela faisait peu de temps que nous avions emménagé, mais la découvrir ce jour-là pour la première fois dans une rue que nous prenions forcément pour aller de la gare à chez nous – c'est-à-dire presque tous les jours – montre bien à quel point le subconscient est sélectif, ce qui nous a beaucoup amusés. Renko qui parcourait le magasin à la recherche d'un bac, de litière ainsi que d'un griffoir, avait visiblement déjà pris sa décision, mais moi, j'hésitais encore. Je ne cessais de revoir l'animal haletant, la respiration rendue laborieuse par sa truffe bouchée.

Deux semaines plus tard, nous retournions à Sangenjaya pour le recueillir officiellement. En poussant la porte – Soejima avait crié que c'était ouvert –, nous avons découvert le comédien allongé sur son matelas qui ne faisait plus qu'un avec le sol, le visage enfoui sous quatre chats gris tigrés. Dès qu'ils remarquèrent notre intrusion, les matous détalèrent en tous sens. J'écoutais leurs griffes rayer le parquet avec l'impression d'avoir interrompu un moment doux entre amoureux lorsqu'une traînée dorée se mêla aux quatre félins – qui étaient désormais cinq, comme je le constatai. C'était le chat roux de l'autre jour.

La silhouette lancée à la poursuite des pelages gris, qui se chamaillait avec eux à coups de patte sur la queue en ayant tour à tour le dessus et le dessous, n'avait plus rien de commun avec celle vue dans la cage. Soejima nous annonça son soulagement – par miracle, ni sida du chat ni maladie infectieuse à signaler –, à demi étouffé par la quantité de poils qui recouvraient son pyjama. Grâce à une prise en charge rapide, la patte arrière droite déboîtée ne serait sans doute plus, d'après lui, qu'un mauvais souvenir d'ici un mois.

Le chat roux, éjecté en plein jeu par un chat tigré, atterrit devant Renko agenouillée par terre. Elle tendit un doigt qu'il commença par renifler pour vérifier ce que c'était, puis, après avoir secoué ses moustaches, il le lécha sans crainte avant de le mordiller. Lorsqu'elle fit mine de le caresser, il bondit se réfugier près de ses quatre congénères. Soejima avait raison, sa patte n'était pas encore tout à fait remise, mais le boitillement soulignait sa vitalité générale.

Après avoir attendu qu'il soit fatigué de jouer, Soejima l'installa dans le panier de transport acheté exprès par Renko et partit héler un taxi sur la grande avenue voisine. Le chauffeur, apparemment allergique aux chats, ponctuait ses éternuements de claquements de langue désapprobateurs et je sentais Renko de plus en plus agacée ; intérieurement, je n'en menais pas large.

A notre arrivée à la maison, la nuit était déjà tombée. Nous ouvrîmes sans tarder la porte de la cage, pensant que le chat devait s'y sentir à l'étroit, mais il resta à l'intérieur et se borna à avancer un peu la tête pour examiner les alentours, essayant de comprendre de quoi il retournait. Tard dans la soirée, il n'avait toujours pas bougé et nous allâmes nous coucher, résignés.

— Comment on va l'appeler ? entendis-je Renko demander dans l'obscurité du lit.

Je me posais la même question. Les miaulements tristes du chat roux s'élevaient sans répit du salon. Peut-être cherchait-il ses quatre amis tigrés.

— Que dirais-tu de Simpson ?

Je la sentis froncer les sourcils.

A l'époque, je me passionnais pour les récits de montagne, et en particulier les mémoires d'alpinistes, que je dévorais. Celui de John Simpson, *La Mort suspendue*, m'avait particulièrement marqué : il racontait comment, pendant la descente depuis le sommet du Siula Grande, victime d'une chute dans une crevasse et d'une fracture à la jambe, abandonné par son compagnon d'escalade, il avait survécu à cette situation désespérée, un récit dont la lecture m'avait frappé.

L'image de Simpson se superposait dans mon esprit à celle du chat roux la première fois que j'avais posé les yeux sur lui : un être couvert d'ecchymoses et de boue, traînant une patte qui ne lui obéissait plus – sans doute avait-il été percuté par un véhicule –, agitant une tête aux paupières scellées par le pus et qui, incapable de se mouvoir comme de voir, en était réduit à grogner.

Lorsqu'elle sut d'où venait ce nom, Renko ne le rejeta ni ne l'adouba, mais comme pour se l'approprier, elle le murmura à plusieurs reprises. Pour finir, il s'avéra trop long et trop difficile à prononcer ; deux semaines plus tard, je commençais à appeler le chat Sim tandis que Renko l'appelait Son ; comme nous étions d'avis qu'il valait mieux utiliser le même nom, nous décidâmes que cette fois-ci, le choix de Renko primerait.

Les miaulements avaient fini par se taire et je m'étais endormi au petit matin ; à mon réveil, Simpson était allongé entre nos deux oreillers. La tête contre la joue de Renko, il m'avait réservé les deux renflements blancs tout doux de son bas-ventre, pareils à des boules de mousse, qui venaient me chatouiller le bout du nez.

Vu que je n'avais pas été convié à l'habituelle fête de début d'année donnée par un mangaka que je connaissais de longue date, je pensais soit qu'il y avait renoncé, soit qu'il s'était lassé de moi et m'avait rayé de la liste des invités, mais l'invitation a fini par tomber au début du mois de février. A mon arrivée au restaurant de Shimokitazawa – je me faisais justement la réflexion qu'on ne pouvait plus appeler ça une fête de début d'année –, je retrouve Soejima que je n'ai pas vu depuis longtemps. L'ancien acteur raté dirige désormais une troupe de théâtre, certes modeste, pour laquelle il s'est attelé à la mise en scène ; il m'apprend qu'il vient de se mettre en couple avec une fille qui travaille en coulisses.

Un peu à l'écart de la vingtaine de personnes réunies, nous buvons verre sur verre en échangeant les dernières nouvelles et j'en viens naturellement à parler de Son. J'annonce à Soejima que le chat errant d'autrefois n'en a plus pour longtemps à vivre et je le mets au courant des circonstances dans lesquelles j'en suis venu à m'occuper de lui.

— Il revenait de loin mais il a eu une belle vie, grâce à vous, Hayakawa. Je pense qu'il a été heureux.

Soejima, qui a eu à affronter la mort de plusieurs de ses chats, s'exprime avec un détachement qui donne encore plus de poids à ses mots. D'ailleurs, cet amoureux des félins parle de Son comme si sa disparition était acquise.

— Le mérite revient davantage à Mikita qu'à moi. Déjà quand nous vivions ensemble, c'était elle qui s'occupait de quasiment tout, la nourriture, le vétérinaire et que sais-je encore.

— Cela fait longtemps que je l'ai pas vue. Elle va bien ?

Alors que la conversation s'oriente sur Renko, l'organisateur de la soirée, Kishitani, s'incruste entre nous, demandant d'une haleine chargée d'alcool de quoi nous discutons d'un air aussi grave.

— C'est une petite fille, paraît-il ? Toutes mes félicitations ! lance Soejima en levant son verre de cocktail au thé Oolong.

Mon image de Kishitani, un mangaka de douze ans mon aîné, était d'abord celle de quelqu'un qui se plaignait que tous les mensuels où il publiait en feuilleton faisaient faillite les uns après les autres. J'avais entendu dire qu'il s'était marié, mais j'ignorais totalement qu'il avait eu un enfant. J'apprends que sa fille est née le Jour de l'an, raison pour laquelle la fête a été reportée au mois de février.

— Faire un enfant à cinquante ans, chapeau ! m'exclamé-je.

Kishitani hoche la tête d'un air entendu.

— C'était soit ça, soit le divorce.

— Sérieusement ?

— Que oui ! Je n'ai jamais eu envie de faire un gosse, mais je ne pourrais pas vivre sans ma femme.

Soejima en profite pour souligner d'un air pénétré :

— Incroyable de la part de quelqu'un qui s'est tapé toutes ses assistantes.

— Au bout de quinze ans, on a de l'affection l'un pour l'autre. Et puis, on bosse ensemble.

— Quand même, quelle vigueur ! Moi, ça fait trois mois qu'on vit ensemble et je n'ai déjà plus envie d'elle.

Kishitani opine en recrachant la fumée de sa cigarette :

— C'est précisément le problème. Si on s'est tellement pris la tête à savoir si on faisait un môme ou pas, c'est bien pour ça. Mais vois-tu, quand ta femme te dit que si tu ne la baises pas, elle te quittera pour trouver quelqu'un d'autre, t'es coincé.

— Donc, vous avez fait le nécessaire, interviens-je.

— Et alors… Voilà qu'elle s'est mise à me parler courbe de température. Au bout du compte, elle non plus, elle n'avait pas envie de me toucher. Elle prenait sa température tous les jours, et un beau soir, elle m'annonce soudain que c'est pour aujourd'hui. Elle est en train d'ovuler. Je dîne, je prends mon bain, elle me fait venir dans son lit, on éteint la lumière, on se déshabille et, à poil tous les deux, on se fait face, assis sur nos talons.

— On dirait une partie d'échecs japonais, blague Soejima.

— Exactement. La voilà qui s'incline devant moi en me remerciant d'avance. On est tous les deux gênés de notre nudité. Et bim, on s'engueule sans attendre. Elle râle que je ne bande pas. Alors moi je vois rouge, je lui lance que c'est parce qu'elle ne mouille pas. Je lui réclame une pipe, elle refuse sous prétexte que c'est crade. Dire qu'autrefois, c'est elle qui me sautait dessus… J'ai fini par mendier une branlette, au moins, mais elle n'a pas voulu, c'était trop fatigant.

— Arrêtez, vous allez me faire pleurer, dit Soejima en affichant un large sourire.

— J'ai fait de mon mieux, figure-toi. A force de m'escrimer, j'ai fini par y arriver et je l'ai pénétrée.

Et voilà qu'elle me presse d'éjaculer ! Je lui dis de la fermer et je m'applique, je la besogne…

— On ne peut plus appeler ça faire l'amour, s'écrie Soejima en labourant les tatamis de ses ongles, écroulé de rire.

— Quand on se dit qu'on est tous nés comme ça, ça n'est pas très gai, mais c'est la réalité, conclut le mangaka d'un air détaché.

Ce gros fumeur se sert de sa cigarette presque terminée pour en allumer une autre.

— Toi aussi tu devrais t'y mettre, au lieu de ne penser qu'à tes chats.

— On a accueilli le huitième le mois dernier.

— Tant que ça ! m'étonné-je.

Soejima déclare qu'il y a plus important que ses chats : le mien est en train de mourir et c'est dur, dit-il en expliquant brièvement la situation à Kishitani.

Quand celui-ci apprend que je me rends chez mon ex pour m'occuper de Son, il fait ouvertement la grimace.

— Hayakawa, qu'est-ce que tu fous ?

Je fuis son regard. Soejima prend la parole, comme pour me dédouaner :

— Mais, les chats et l'amour, ça n'a rien à voir, vous ne croyez pas ?

— Elle a un mari maintenant. Ce n'est pas le moment de revenir se fourrer dans ses pattes. T'es encore amoureux ou quoi ?

— Certainement pas.

— Et puis, tu as quelqu'un, non, cette fille qui tient un bar ?

Je l'ai emmené plusieurs fois chez Mari.

— Vous êtes encore ensemble ?

— Plus ou moins.

— Arrête de te complaire dans le passé et va de l'avant.

Soejima complimente Kishitani, devenir père, ça vous pose un homme, dites-moi, ce qui tire un hochement de tête satisfait à l'intéressé.

Déclinant l'invitation à prolonger la soirée, je prends la ligne Odakyû. Les reproches de Kishitani m'obsèdent. Le mangaka devenu père a visé dans le mille. C'est peut-être précisément pour cette raison que cela me reste en travers de la gorge. Je contemple en silence la nuit qui défile de l'autre côté de la vitre.

Le bar de Mari est un peu à l'écart de Shinjuku, près de Sendagaya, dans une ruelle où la nuit semble ouvrir comme une faille qui escamote toute trace de vie. Quand je pousse la lourde porte sans vitre qui décourage les nouveaux clients d'entrer, j'aperçois Mari et Ayumi en train de discuter à voix basse de part et d'autre du comptoir. Les deux femmes qui, depuis leur rencontre fortuite un an plus tôt dans un bistrot du fin fond d'Asakusa ou d'ailleurs où elles ont sympathisé à la vitesse grand V, se voient semble-t-il quasiment chaque jour, s'éloignent aussitôt l'une de l'autre. Ayumi affiche un sourire et incline légèrement la tête à mon attention en s'excusant d'être chez moi. Ce n'est pas mon bar et sa remarque m'agace ; je me contente de prendre place au comptoir en détournant le regard.

Après avoir vidé son verre – il y restait un fond de liquide transparent –, Ayumi se lève pour partir. Je lui lance :

— Je vous dérange ?

Faisant danser la longue chevelure noire qu'elle arbore toujours avec fierté, elle répond en sortant son portefeuille :

— Pas du tout. J'avais décidé de partir quand j'aurais fini mon verre.

Pourquoi, dans ce genre de situation, les gens mentent-ils ? S'ils imaginent que c'est ça, la politesse, on ne peut se fier à rien en ce bas monde.

Après avoir raccompagné à la porte son amie plus âgée avec le sourire, Mari reprend place derrière le comptoir d'un pas lourd, affichant sur-le-champ un air sombre.

— Qu'est-ce que tu prends ?

— Un Laphroaig allongé à l'eau gazeuse.

— Tu pourrais viser moins cher, si tu n'as pas l'intention de payer.

— Un suntory à l'eau gazeuse, alors.

Elle se met à préparer ma boisson sans un mot. Elle a les yeux rougis.

Je prends une gorgée du verre qu'elle m'a servi et quand elle a fini de pousser un long soupir, je dis :

— Tu peux penser ce que tu veux de mon comportement, mais tu n'es pas obligée d'en parler aux autres.

— Je n'en parle à personne.

— Tu en discutais bien avec Ayumi, il y a un instant.

— Mais non… C'était à propos de ma mère.

— Ta mère ?

— Quand j'ai téléphoné la semaine dernière, j'ai appris que son cancer avait récidivé… Je ne sais pas quoi faire.

Je me rappelle qu'Ayumi est infirmière dans un hôpital de Tokyo.

Je sais que la mère de Mari souffre depuis sa jeunesse d'un grave diabète. Il y a trois ans, suite à un cancer, elle a subi une ablation du sein droit. A l'époque, Mari a multiplié les allers-retours entre Tokyo et sa région natale de Niigata pour s'occuper d'elle à tour de rôle avec sa sœur, mais comme elle y allait moins souvent, j'en avais conclu que ça allait mieux. C'était aussi ce qu'elle pensait, a priori, mais en réalité, il y a six mois de cela, on a trouvé à sa mère des métastases au foie. Soucieuse de ne pas inquiéter sa fille installée à Tokyo, elle hésitait à le lui annoncer. Quand Mari, qui n'avait pu aller voir ses parents pour les fêtes, trop occupée par son travail et diverses invitations, a téléphoné pour leur souhaiter tardivement la bonne année, la voix de sa mère au bout du fil était clairement étrange. Elle a alors demandé à parler à son père, qui, à force de persuasion, a fini par tout avouer.

— Je me suis fâchée, pourquoi me l'avoir caché ? La maladie a récidivé, mais comme tu le sais, avec son diabète, maman n'est pas en état de subir une nouvelle opération, alors… Mais ce n'est pas une raison.

Les larmes jaillissent de ses yeux avec une telle force qu'on pourrait les entendre.

— Il faut que tu partes les voir dès demain.

— Mais je ne peux pas fermer le bar sans prévenir.

— Tu crois que c'est le moment de te soucier de ça ?

— Je ne peux pas faire ça à ma clientèle.

Vouloir faire plaisir à tout le monde, c'est le défaut de Mari.

— Il n'y a que des habitués, ici. Ils comprendront.

— Mais…

— S'ils prennent ce prétexte pour arrêter de venir, c'est qu'ils n'en valaient pas la peine.

Un rire perce derrière son visage défait et elle répond en essuyant ses larmes :

— Ayumi m'a dit la même chose.

Elle semble avoir pris sa décision.

— Pardon de te parler de tout ça, alors que c'est dur pour toi avec ton chat.

— On ne peut pas comparer un être humain à un animal.

— On ne peut pas comparer les chagrins, non plus.

— C'est sûr, mais…

— Tu en es où, de ton côté ?

C'est la première fois qu'elle se préoccupe de Son.

— Son insuffisance rénale ne progresse encore que lentement, mais… On dirait bien que Miyata me déteste.

Mari ouvre de grands yeux et éclate de rire. Sous le choc, ses larmes fusent en tous sens.

— Qu'est-ce qu'il y a de drôle ?

— Tu ne t'en rends compte que maintenant ?

— Je m'en doutais, quand même. Je m'immisce chez eux et, sous prétexte de m'occuper de Son, je me prélasse tous les jours là-bas, à me faire nourrir à l'œil.

— On se demande lequel des deux est le chat.

Je recrache mon whisky.

— Eh bien quoi ? Ne fais pas l'ignorant.

— Tu as raison.

— C'est vraiment vicieux de ta part de t'incruster comme ça, malgré tout.

La froideur a regagné les yeux de Mari. Pour me réchauffer, j'avale cul sec le liquide doré dans mon verre.

L'herbe me paraît toujours plus verte ailleurs. Je serais bien incapable de dire depuis quand j'ai cette vision déformée des choses, mais à cause de ça, je ne suis jamais content. On a beau me répéter que je suis aussi bien loti que les autres, je n'arrive pas à y croire, il faut que je cherche à tout prix la petite bête. Et quand je l'ai trouvée, je n'ai même pas le courage de me rebiffer. C'est mon lot, me dis-je en me complaisant dans ma mauvaise fortune, mais au fond de moi, je n'en suis pas convaincu.

Ma rencontre avec Renko avait sans doute eu une influence positive, car mon intérêt perdu pour la photographie s'était réveillé. Quand j'étais étudiant, à l'époque où je tournais des petits films avec mes camarades, ma passion pour la pellicule avait été à son summum et je ne sortais jamais sans mon appareil photo, mais depuis que j'étais devenu scénariste, j'avais même oublié avoir vécu un tel engouement.

Tout était parti d'un petit appareil photo que Renko gardait chez elle. C'était un appareil miniature qui tenait dans le creux de la main, un coup de cœur déniché sur un marché aux puces peu après son arrivée à Tokyo, m'avait-elle expliqué ; il lui avait plu et elle l'avait acheté sans même savoir s'il fonctionnait. Le corps argenté aux coins arrondis, orné de motifs géométriques sans doute à la mode à l'époque de sa commercialisation, rappelait un peu les bentos en fer-blanc d'autrefois. Quand j'en examinai l'intérieur, je le trouvai bien vieux et abîmé, mal entretenu. Je pris quelques photos pour le tester et comme de bien entendu, à cause des fuites de lumière, la pellicule ressortit surexposée, toute blanche. Le seul point positif, si on pouvait dire, était l'absence de taches sur la lentille, le cœur de l'appareil.

Cela aurait été dommage de le rendre à son statut de bibelot décoratif ; je le fis réviser en profondeur dans une boutique d'appareils photo d'occasion de Ginza. Quand je le récupérai quelques semaines plus tard, j'y insérai une pellicule noir et blanc avant de partir en promenade. Renko voulait aller voir les sculptures de chats d'Asakura Fumio.

Sur le chemin de Nippori, je la photographiai. Elle voulait une nouvelle photo pour son curriculum vitæ, alors je la fis s'arrêter pour la photographier de face. Au musée Asakura, comme je m'émouvais devant la sculpture d'un chat suspendu dans les airs par la peau du cou, elle m'expliqua qu'en fait le chaton était détendu dans cette posture, il restait calme pour aider sa mère. Elle aimait déjà les chats à cette époque.

J'aurais mieux fait de porter la pellicule chez un photographe, mais je m'entêtai à la développer moi-même. Je ressortis du fin fond du placard de mon studio exigu ma cuve de développement, mon entonnoir et tout le bazar, j'achetai du révélateur et d'autres produits dans un magasin spécialisé de Shinjuku et transportai le tout chez Renko, dont l'appartement d'Otsuka était légèrement plus grand que le mien. Elle me mit en garde – on avait pris ces photos pour vérifier si l'appareil marchait bien – mais elle me laissa faire sans insister. Tandis que je me débattais avec la pellicule, les mains dans le manchon de chargement, les yeux dans le vague et la bouche ouverte, elle entreprit de préparer du riz au curry pour le dîner.

Le résultat fut mitigé. Peut-être avais-je mal enclenché la pellicule sur la spire car le révélateur n'avait pas entièrement baigné le film, formant par endroits des taches. Devant la pellicule accrochée au fil à linge dans la salle de bains, Renko eut une pointe de désespoir – on aurait dit du papier tue-mouches.

Je la repris en photo, cette fois sur le toit-terrasse de son immeuble, puis, la pellicule à la main, nous nous rendîmes chez un ami. Il n'était pas question de la donner à développer n'importe où.

Mon ami, Horie Hiroyuki, était un photographe de sept ans mon aîné. C'était lui qui m'avait poussé à monter à Tokyo à l'âge avancé de vingt-six ans, alors que j'étais chagriné par un petit échec subi à Osaka ; après mon arrivée dans la capitale, tandis que je survivais grâce à des petits boulots, Miwako – sa future femme – et lui avaient souvent pris soin de moi.

Un peu au sud du cimetière de Zôshigaya, dans une rue où s'alignaient des pavillons neufs tous identiques, se dressait une vieille maison solitaire, comme mise au ban. C'était là qu'habitaient Horie et Miwako. Le quartier était un lacis de ruelles qui vous obligeaient à faire un large détour pour rejoindre le supermarché sur la grande avenue, et la gare la plus proche était une station de la ligne de tramway Toden-Arakawa, pas franchement pratique ; c'était une maison de location sans attraits, encore plus pour des jeunes, mais du coup, le loyer était bas pour la superficie, un point crucial aux yeux de Horie qui gagnait sa vie grâce à des photographies publicitaires tout en travaillant à des créations personnelles – raison pour laquelle, d'ailleurs, avec l'accord du propriétaire, il avait agrandi lui-même la salle de bains, transformée en chambre noire. Miwako, pour sa part, appréciait la pièce au sol en terre battue qui prolongeait la cuisine, une rareté de nos jours, où elle avait laissé libre cours à sa passion pour les arts culinaires en fabriquant de ses mains un petit four à pain. Tous deux menaient là, comme en leur royaume, une vie pleine de légèreté. A l'image de l'existence qu'il menait, Horie n'avait rien de conventionnel et sa légère excentricité lui valait dans son milieu professionnel une réputation d'intransigeance, largement supplantée par la sociabilité de Miwako ; c'était pour elle et son caractère avenant, davantage que pour lui, que toutes sortes de gens – ses collègues photographes, mais aussi des assistants réalisateurs rencontrés lors de shootings sur les plateaux de tournage ou encore des éditeurs de magazines – allaient et venaient chez eux, apportant du vin et de la bière pour accompagner les mets cuisinés par Miwako. Dans mes premiers temps à Tokyo, je m'y rendais trois fois par semaine ; ils me gardaient à dîner et bien souvent, je buvais tellement que je m'effondrais et restais dormir sur place.

Le photographe et sa compagne nous accueillirent à notre arrivée peu après midi, une bouteille de vin bon marché à la main. Renko les rencontrait pour la première fois, mais grâce à Miwako et à sa simplicité, elle se sentit tout de suite à l'aise.

La chambre noire de Horie renfermait, dans un espace de cinq mètres carrés environ, une laveuse et un agrandisseur, ainsi que tout un alignement au cordeau de cuves et cuvettes disposées en rangs d'oignons, comme des soldats à l'entraînement. Dans cet espace où, à deux, on ne pouvait déjà plus bouger, le photographe taciturne s'empressa de sortir la pellicule qu'il développa d'une main sûre. Nous étions aux premiers jours de l'été et la chaleur n'était pas encore lourde et humide, mais je me mis tout de suite à transpirer, peut-être à cause de l'ampoule inactinique rouge. Horie ne se contenta pas de développer la pellicule, il utilisa aussi l'agrandisseur pour tirer les clichés de mon choix. Les yeux sur Renko qui apparaissait lentement à la surface du papier rincé à l'eau, il murmura que c'était une belle femme. Il n'avait dit ni jolie ni mignonne, mais belle, ce qui lui ressemblait bien. Faute de savoir quoi répondre, je restai coi. Depuis sa surface plane, Renko nous regardait fixement.

— C'est intéressant, lança Horie.

Nous buvions une bière, le temps que les tirages sèchent. Renko qui, sans être du niveau de Miwako, était néanmoins bonne cuisinière, intriguée par le four maison, se faisait expliquer son fonctionnement dans la pièce en terre battue ; nous étions seuls dans le salon.

— Des couples comme Ichikawa Kon et Wada Natto, où l'homme est réalisateur et la femme scénariste, il y en a plein, mais le cas de figure inverse est intéressant.

Il avala une bouchée des tripes de bœuf qui trônaient sur la table – Miwako les avait mises à mijoter la veille au soir, m'informa-t-il – et but une nouvelle gorgée de bière. J'étais heureux qu'il nous comprenne, mais en même temps, je trouvais ça moche et détestable d'être rassuré par les paroles d'autrui. De la pièce voisine nous parvenaient les rires superposés des deux femmes.

Mis à part aux amis les plus proches et aux collègues avec qui nous étions amenés à collaborer étroitement, j'évitais de parler de ma relation avec Renko. C'était une rencontre somme toute banale, mais je n'avais pas envie qu'on déblatère sur nous derrière mon dos dans ce cercle restreint, sans pour autant voir d'autre moyen de l'éviter ; j'avais tout simplement peur.

Un chat surgi de nulle part courait en tous sens sous la table. Il avait un pelage tricolore, s'appelait Jimiko et avait été recueilli par Miwako – le patron du restaurant de cuisine espagnole où elle travaillait à mi-temps lui avait proposé de l'adopter, m'expliqua Horie. Elevé dans un environnement où les allées et venues étaient fréquentes, il était si insouciant et confiant que c'en était dangereux, dehors, les chats errants n'en feraient qu'une bouchée, poursuivit mon hôte, pour qui cette faiblesse était aussi ce qui faisait son charme ; beaucoup de leurs visiteurs ne venaient chez eux que pour ce matou tricolore. Soumis à une pluie de chatouilles et de gratouilles alors qu'il était venu se frotter contre nos jambes, Jimiko prit la fuite vers la pièce en terre battue comme pour appeler à l'aide. Quand Renko et Miwako regagnèrent le salon peu après, il tournait la tête de-ci de-là en nous lançant des regards suffisants, agrippé au cou pâle de Renko. Elle l'attrapa sous les aisselles, le souleva et le lova entre ses bras. Peut-être rassuré de voir Miwako à ses côtés qui l'observait, il bâilla à s'en décrocher la mâchoire. Un rayon doré de soleil couchant s'étirait sur le parquet.

La vie à Tokyo : ces mots me traversèrent alors l'esprit. Oui, c'était ça, la vie à Tokyo. Eux deux, ils vivaient Tokyo. Le spectacle qui s'offrait à mes yeux avait quelque chose de troublant.

Notre vie de couple, à Renko et moi, que Horie avait jugée intéressante, avait sans conteste des aspects positifs – raison pour laquelle, d'ailleurs, elle a duré six ans – mais elle avait aussi pour effet de creuser un fossé entre nous.

Nous étions ensemble depuis un peu plus d'un an quand un petit projet de film lui fut proposé. Les financements étant volatils, il fallait présenter un scénario le plus rapidement possible. Et un bon. A force d'écouter Renko – qui s'affolait – en parler en l'aidant à préparer le dîner, j'avais tout naturellement mis un scénario sur pied. J'ignore s'il était bon ou non – elle avait réussi à engager un jeune acteur qui avait le vent en poupe à l'époque, ce qui pesa également dans la balance –, mais elle obtint les financements ; au bout du compte, le film était certes une petite production, mais avec de la valeur, et il fut bien accueilli, à notre grand soulagement.

Petit à petit, Renko était de plus en plus souvent sollicitée. De mon côté, je continuais à écrire des scénarios, pour des petits téléfilms comme pour des longs-métrages d'envergure moyenne : je craignais de ne plus avoir de travail si je refusais quoi que ce soit. Ce monde était encore plus clos sur lui-même que je ne l'avais imaginé, et nous y connaissions de plus en plus de monde. Notre relation se savait, inévitablement. Chercher à la cacher aurait été bizarre.

Un après-midi, j'étais devant mon ordinateur quand mon portable sonna. C'était un critique de cinéma, rencontré par hasard dans des soirées. Quelqu'un que j'évitais car, dès le départ, il s'était montré familier avec moi. Comment avait-il obtenu mes coordonnées ? Je l'écoutai d'une oreille m'expliquer qu'il souhaitait publier une interview de Renko dans le web magazine qu'il venait de créer. Il voulait que je lui en touche un mot.

Je ne trouvai pas cela normal. J'aurais pu me dire qu'il s'agissait juste de faire la commission, mais je n'appréciais pas qu'on m'en charge aussi ouvertement. Alors que nous nous connaissions à peine, il cherchait à se servir de moi, c'était sans-gêne. Et pour le travail, par-dessus le marché. J'étais désolé, répondis-je, mais je ne souhaitais pas en parler à Mme Mikita, il n'avait qu'à passer par les canaux habituels pour lui demander officiellement une interview. Il rétorqua en me demandant si je ne voulais pas la soutenir et en soulignant que, lui, il cherchait à l'aider. Estomaqué, je peinais à trouver mes mots quand il m'assena le coup de grâce : « De toute façon, je suis sûr qu'elle est à côté de vous. Posez-lui la question. »

Je lui raccrochai au nez. Et je n'ai plus jamais répondu à ses appels ni lu ses mails.

J'en avais aussi ras-le-bol d'écouter, au hasard des soirées, les critiques des collègues sur les œuvres de Renko. Moi c'était moi et elle c'était elle, dans le travail nous nous considérions comme deux individus distincts, mais pour les autres, visiblement, nous ne faisions qu'un. Et puis, qu'espéraient-ils, à critiquer Renko devant moi ? Même si nous étions deux entités séparées, quelques secondes de réflexion suffisaient à comprendre que la conversation était loin d'être agréable pour moi. Plus tard, il m'est même arrivé de voir de mes yeux un type féliciter Renko en souriant pour son film, fort intéressant – le même qu'il avait débiné devant moi.

Elle aussi subissait sûrement ces avanies. Cette idée me désolait. Je laissais couler, mais c'était une petite épine qui me gênait. Comme cette douleur lancinante n'était toutefois pas insupportable, je restais sans rien faire.

Mon atonie était une forme de politesse, pensais-je. Questionner Renko aurait manqué de délicatesse, voulais-je croire. Je m'imaginais que laisser du jeu dans notre relation la rendait plus malléable. Mais dans le même temps, je savais pertinemment que cela revenait aussi à l'étouffer, que c'était ignorer le problème. Je finis par me perdre de vue. Tandis que je me tourmentais à me demander si nous pouvions continuer ainsi, le renouvellement du bail de Renko approchait. La question du déménagement se posa d'elle-même.

C'est alors que l'image de Horie et Miwako se présenta à mon esprit. Voilà, nous n'avions qu'à devenir comme eux. Vivre dans une vieille et vaste maison où chacun ferait ce qui lui plairait, où il y aurait un chat et du soleil, où nous connaîtrions la paix. La vie à Tokyo.

Dès le lendemain, nous partions en quête d'une maison. Un pavillon à Tokyo, en l'occurrence une location à un prix abordable, ce n'était pas évident à dénicher et les agents immobiliers nous orientaient vers des appartements où il y avait moins de risques de cambriolage, sans parvenir à susciter notre enthousiasme ; bien que pressés par la date de fin du bail, nous nous sommes obstinés et des affaires ont commencé à se présenter. Entre Hatsudai et Hatagaya, là où deux rues commerçantes se rejoignent en formant un V, dans une petite zone résidentielle en cuvette, pareille à une vallée étroite, nous avons découvert une maison qui paraissait convenir.

Nous avons pris contact avec l'agence pour la visiter le plus vite possible. Derrière des maisons neuves à deux étages construites le long d'une large route, comme un enfant qui lèverait les yeux, caché derrière les jupes de sa mère, se laissait entrapercevoir une vieille maison décatie. Un jeune avocat avait fait refaire tout l'intérieur pour y vivre avec sa mère âgée, avant de déménager au bout d'à peine un an, nous apprit l'agent immobilier – une rénovation insoupçonnable de l'extérieur. La salle de bains était flambant neuve, et si le rez-de-chaussée était sombre comme toujours dans ce genre de quartier, l'étage était lumineux, avec deux pièces séparées qui répondaient quasiment à tous nos souhaits. Surtout, les yeux de Renko qui explorait les pièces brillaient d'excitation. Bien entendu, je n'avais rien contre. Le loyer était un peu plus élevé que prévu, mais cela nous pousserait à travailler, avons-nous décidé d'un commun accord.

C'était au cœur de l'été. La petite entreprise de déménagement d'Akabane qui nous avait été recommandée par l'agence immobilière nous a envoyé cinq hommes robustes dans la force de l'âge. Ils suaient abondamment en transportant nos effets, leurs tee-shirts étaient trempés au bout de cinq minutes comme s'ils avaient essuyé une averse, et la vue de leurs tétons à travers le tissu nous a fait pouffer de rire. Dans l'appartement de Renko retourné à l'état de simple boîte, dépouillé de ses meubles et de ses affaires, nous avons pris une dernière photo-souvenir. Et une autre dans la maison pleine de cartons. Notre quotidien à deux a débuté tout doucement, dans l'attente des meubles neufs commandés sur Internet, et lorsque nous avons enfin été installés, Son est arrivé.

Notre vie à Tokyo avait commencé.

Je pénètre dans le hall après un bref coup d'œil à la neige mêlée de boue incrustée dans l'asphalte. La clé récupérée dans la boîte aux lettres à la main, je prends l'ascenseur. Le spectacle de la ville s'étendant au loin depuis la coursive du sixième étage m'est devenu familier. J'accélère le pas pour échapper à la bise qui tournoie, se déchaînant tour à tour à l'horizontale et à la verticale, déverrouille la porte en tremblant de froid et m'engouffre à l'intérieur. La porte se referme avec un bruit sourd d'air chassé et je souffle, plongé dans une bulle de douceur et de calme. Je jette un regard par terre. Il n'y a ni les baskets de Renko – ses préférées, faciles à ôter et à remettre sur un plateau de tournage – ni les chaussures en cuir que Miyata met pour aller au bureau. Ils sont sans doute tous les deux au travail.

Je gagne le salon ; Son n'y est pas. Le panier bleu marine à côté du poêle à gaz – Renko le lui a acheté par correspondance la semaine passée, parce qu'il commençait à ne plus pouvoir grimper sur le canapé, faute de force dans les pattes – est vide. Je l'appelle. Pas de réponse. Dans son écuelle, un reste de croquettes et de l'eau claire. Le rebord de la fenêtre ensoleillée, derrière les rideaux, est lui aussi vacant. La baie vitrée est fermée ; il ne risque pas d'être sur le balcon. C'est la première fois que je me trouve dans cette situation.

Je retourne dans le couloir pour vérifier les toilettes. Rien. Il n'y est sans doute pas mais, à tout hasard, j'ouvre le hublot de la machine à laver dans le cabinet de toilette. Dans le panier à linge, quelques chemises et sous-vêtements du couple. Un léger embarras m'effleure.

C'est la première fois que j'ouvre la porte de la salle de bains. Plusieurs types de shampoings et de savons. Des tubes de crème de tailles variées alignés sur une tablette, appartenant sans doute pour la plupart à Renko. Bien entendu, la baignoire est vide. Il n'y a rien de plus triste qu'une salle de bains en pleine journée. Les chats n'aiment pas ces endroits-là.

Après avoir hésité, j'ouvre la porte de la chambre conjugale. Les rideaux fermés laissent filtrer un rai de lumière qui fait ressortir un grand lit, presque carré. Je soulève la couette bien plus légère qu'elle n'en a l'air. Léger sentiment de culpabilité, une fois encore. Et toujours pas de chat. Je cherche dans les recoins de la penderie intégrée. Rien. Il ne reste plus que le bureau de Renko.

Je pénètre dans la pièce, en face de la chambre à coucher au bout du couloir. Un tapis vert recouvre le parquet. Dans un coin au fond, un grand bureau en bois que je connais. Celui qu'elle a toujours utilisé. Autour de l'ordinateur portable fermé, un fouillis de papiers et d'enveloppes de taille A4, un dictionnaire. La petite lampe de table est restée allumée. Je l'éteins. J'appelle Son, sans recevoir de réponse.

Submergé par l'inquiétude, je m'apprête à retourner au salon quand, dans le grand meuble vitré contre le mur opposé au bureau, j'aperçois parmi les bibelots en désordre un objet qui me stoppe net. L'appareil photo miniature. Renko l'a donc gardé. J'ouvre la porte pour le sortir. Le levier d'armement du film fonctionne encore. Je déclenche l'obturateur dans la pièce vide. Le bouton de débrayage tourne, preuve qu'une pellicule est enclenchée.

J'entends la porte d'entrée s'ouvrir. Je me dépêche de regagner le salon, juste au moment où Renko et Miyata arrivent. Ils s'arrêtent, apparemment surpris de me voir.

— Tu étais là ?

— Oui, mais Son n'est nulle part…

Avant même de finir ma phrase, je remarque le sac de transport dans les bras de Miyata.

L'ouverture tendue d'un filet laisse apercevoir la tête étonnée du chat roux tournée vers moi.

— Ah, vous étiez chez le vétérinaire ?

— Oui, c'est le jour de la perfusion, aujourd'hui.

— Mais, et votre travail, Miyata ?

Il répond, l'air de dire que c'est évident :

— C'est le jour de la fondation de la nation, aujourd'hui.

Je pousse un petit cri.

— C'est férié ! J'avais complètement oublié.

Renko remarque en s'effleurant le menton, comme convaincue :

— C'est vrai que tu ne vis pas en fonction du calendrier.

C'est pareil pour elle, ajoute-t-elle.

Miyata, en pantalon de velours côtelé et chemise blanche même les jours fériés, libère Son en ouvrant la fermeture à glissière du sac de transport en tissu, transformable en sac à tirer grâce à ses roulettes ou en sac à dos si on sort les bretelles. Le chat de retour de la clinique s'étire jusqu'au bout des griffes, savourant sa liberté avant de se débarbouiller avec la patte qu'il a léchée. Il fait tellement penser à un humain que, par réflexe, je le photographie avec l'appareil miniature que je tiens à la main.

— Ah… s'exclame aussitôt Renko.

— Pardon, je l'ai pris sans ta permission.

— Où était-il ?

— Comme Son n'était nulle part, je suis allé voir dans ton bureau et j'ai trouvé l'appareil dans la vitrine, ça m'a rappelé des souvenirs.

Ces derniers mots sont peut-être de trop. Miyata commente pourtant, sans s'offusquer :

— Il est à toi, cet appareil, Renko ?

— Oui. Je l'avais oublié.

Son, qui s'est assis près du poêle, le dos vers nous, pousse un petit miaulement. Renko s'approche pour appuyer sur le bouton d'allumage. Une flamme bleue jaillit dans un chuintement avant de se propager en dansant et de virer au rouge. Le chat roux, l'air satisfait, s'installe en rond dans son panier.

Puisqu'ils sont là tous les deux, ma présence n'est absolument pas nécessaire, mais Renko prépare du riz sauté pour moi aussi. C'est Miyata qui a insisté. Il est encore un peu tôt pour déjeuner, mais je n'ai rien mangé depuis le réveil. Avec ma perpétuelle gueule de bois, le petit-déjeuner est le cadet de mes soucis. Je suis le seul à me resservir de riz sauté riche en légumes verts.

Après le repas, je bois le café préparé par Miyata, les yeux sur Son qui dort dans son panier, roulé en boule comme une ammonite. Je parcours son corps d'une caresse de la tête au bout de la queue en passant par la nuque et le dos. Je sens son pelage soyeux sous ma paume. Son ventre et son dos sont rebondis, bien en chair.

— Le vétérinaire a vraiment dit que c'était une insuffisance rénale ?

Je n'arrive pas à croire qu'il est aux portes de la mort.

— Ça ne pourrait pas être une erreur de diagnostic ?

Renko sort de son sac quelques feuilles qu'elle me tend.

— C'est la troisième clinique que nous consultons.

Ce sont les résultats d'analyses de sang quotidiennes. Les valeurs de référence pour chaque marqueur se suivent sur une colonne avec, en face, plusieurs causes possibles de maladie en cas d'anomalie.

— Regarde ça : l'urée, et aussi la créatinine et l'IP.

Tous les chiffres pointés par Renko dépassent largement la normale. Pour l'urée, c'est presque dix fois plus. Et le taux augmente de jour en jour.

— Et puis il vomit la nuit ; quand je me lève, le parquet est maculé de vomissures. Le matin aussi, parfois… Il a l'air de souffrir, j'aimerais au moins lui éviter ça.

Devant la réalité des chiffres sur le papier, j'ai honte de mon espoir naïf.

— Mais il faut savoir mettre des limites, murmure Miyata qui nous écoute, assis à la table.

Son intervention fait froncer les sourcils à Renko.

— Des limites ?

— Savoir jusqu'où on le soigne.

— Je veux faire tout ce qui est possible pour lui.

— Tu irais jusqu'à l'opération, par exemple ? demandé-je innocemment.

— Le vétérinaire n'y est pas favorable, mais s'il y a une possibilité, je n'hésiterai pas à l'envisager.

Miyata nous rejoint avec un petit soupir et caresse la joue de Son.

— Renko, je comprends ce que tu ressens, mais il faut aussi penser à l'aspect financier. Les perfusions coûtent cher. Et il va sans doute lui en falloir de plus en plus souvent. Avec la nourriture spéciale et les médicaments, ça fera plus de cent mille yens par mois.

— C'est moi qui paie tout, non ?

— Parce que tu refuses que je participe.

Miyata baisse les yeux. Ses cils fournis lui donnent l'air encore plus triste. Il se tourne vers moi et dit avec un petit rire :

— Alors qu'on s'occupe de lui tous les deux.

Ne sachant quoi répondre, je lui rends son sourire et, pour détendre l'atmosphère, je tourne l'appareil photo vers le couple qu'ils forment. Avant que j'aie le temps d'appuyer sur le déclencheur, l'épouse détourne la tête. Seul le mari, derrière le claquement du ressort qui fait tourner la pellicule, un sourire collé aux lèvres, regarde fixement l'objectif.

Le lendemain, j'envoie un mail à Renko pour la prévenir que je n'irai plus m'occuper du chat. Je n'offre pas d'explications. Deux jours plus tard, une brève réponse me parvient, disant qu'elle comprend. Tout cela me laisse un arrière-goût amer mais, sur le coup, je ne vois pas d'autre solution.

Comme j'étais tout le temps fourré chez elle à Otsuka – je vivais là-bas la moitié du temps –, notre installation à Hatagaya n'a rien changé fondamentalement à notre quotidien, si ce n'est qu'au début, le quartier, la maison, l'atmosphère, tout nous amusait. Nous travaillions désormais à domicile et le rétrécissement de notre rayon d'action nous pesait parfois. Vivre à deux était une première expérience pour l'un comme pour l'autre et il pouvait planer une sorte de gêne par moments. Jusqu'à l'arrivée de Son.

Etait-il très habitué aux humains ou détestait-il la solitude ? Dès son deuxième jour dans le pavillon de Hatagaya, il était tout le temps dans nos jambes. Renko supposait qu'il n'avait pas toujours été un chat errant, qu'il avait eu un maître dans le passé. Soit il avait été abandonné pour une raison ou une autre, soit il s'était perdu, en tout cas, il s'était retrouvé à la rue, affirmait-elle. Elle n'avait pas tort : les yeux de Son étaient totalement dépourvus de cette distance propre aux chats de gouttière qui ne font confiance à personne.

C'est armé de ce regard débordant d'innocence qu'il partit à l'aventure. Il commença par le salon, où il renifla tour à tour sous le canapé, sous la table et derrière le téléviseur d'un air entendu – on avait envie de lui coller au-dessus de la tête des bulles disant « rien à signaler », « c'est bon », « pareil ici » –, avant de passer à la cuisine attenante où il inspecta l'armoire à vaisselle et le plan de travail, puis à la salle de bains. Découvrant à sa grande surprise un lac inconnu, il en fit onduler la surface à petits coups de patte, avant de déraper sur le revêtement tout lisse, manquant de tomber à l'eau (plus tard, après avoir appris que des chats étaient morts noyés dans une baignoire, nous avons décidé d'en fermer sans faute le couvercle ou de la vider complètement), et après avoir échappé de justesse au pire, il s'aventura dans la chambre à coucher. Comme nos vêtements y étaient entreposés, il joua avec un foulard de Renko qui ondulait au vent devant la fenêtre ouverte et s'étira paresseusement sur le lit avant de soudain sombrer dans le sommeil. Quand il se réveilla en fin d'après-midi, tel un alpiniste aux forces reconstituées, l'air de dire que puisque l'escalier était sous ses yeux, il fallait y aller, il progressa en reniflant les marches une à une. Arrivé au sommet, un nouvel horizon l'attendait. Après avoir défriché le bureau de Renko au sol recouvert de tatamis, il arriva dans le mien, une pièce parquetée. Installé sur le rebord de la fenêtre, il savoura sa traversée victorieuse en regardant le coucher de soleil, puis redescendit fièrement pour aller miauler avec détermination aux pieds de Renko qui s'affairait dans la cuisine. Il voulait à manger, et il le faisait savoir.

Au bout de trois jours, à croire qu'il avait totalement oublié avoir été un chat errant, Son se pavanait comme en son château, veillant sur son domaine depuis une fenêtre ou une autre et avalant une pâtée nourrissante dans la cuisine, tirant le meilleur de son statut de chat d'intérieur protégé. Lui qui ne faisait pas cinq kilos à son arrivée en pesait plus de six au bout d'un mois.

Un soir, je rentrais d'une réunion lorsque Renko, qui préparait des steaks hachés, tourna vers moi un visage triste.

— Il est venu aujourd'hui.

— Qui ça ?

— Tu sais bien, Cyclope.

C'était un chat de gouttière qui traînait dans le quartier. Gris et blanc, avec une cicatrice – peut-être le souvenir d'une bataille pour son territoire – qui lui barrait l'œil gauche, d'où son surnom.

Environ une semaine après notre emménagement à Hatagaya, j'étais en train de ranger mes livres lorsque Renko avait bruyamment gravi l'escalier, contrairement à son habitude. Viens vite, me lança-t-elle, et je m'empressai de la suivre : juste derrière la fenêtre de la cuisine américaine, près de la cuisinière, un chat observait l'intérieur de la maison, juché sur l'étroit mur d'enceinte. Il semblait particulièrement sur ses gardes car dès qu'il m'aperçut, il recula ; il attendit quelques minutes avant de s'approcher de nouveau, tout doucement. C'était Cyclope.

Il n'avait ni le poil lustré des chats domestiques qui vont et viennent à leur guise, ni l'encoche à l'oreille qui aurait signalé son appartenance au quartier. Plus que tout, la maigreur extrême qui faisait saillir ses côtes signalait que c'était un vrai chat errant qui vivait au jour le jour, sans jamais manger à sa faim.

Renko sortit du réfrigérateur le reste de sauté de laitue et de thon du petit-déjeuner, dont elle lui tendit une cuillerée. Le chat à l'œil balafré fit aussitôt volte-face. Sans faire mine de s'enfuir, toutefois. Renko retourna la cuillère, dont elle déposa le contenu sur le mur sous le regard teigneux de Cyclope qui n'avait pas bougé. Je lui dis de fermer la fenêtre. Après avoir attendu un moment en silence, nous devinâmes à travers la vitre dépolie la silhouette d'un quadrupède maigrichon en train de flairer la nourriture.

Cyclope prit l'habitude de faire un tour chez nous tous les trois jours. Chaque fois, Renko déposait sur le mur les restes du repas. Lui semblait pensif, que signifiait cette sollicitude humaine ? Malgré ses doutes, il mangeait ce que nous lui donnions. Renko ne finissait plus son assiette pour garder une part à Cyclope. Avait-il deviné les sacrifices qu'elle faisait ? Il finit par baisser la garde et accepter de manger devant nous, fenêtre ouverte, mais sans jamais se laisser caresser ; sa fierté de chat errant me le rendait encore plus sympathique.

Il était venu ce jour-là, pour la première fois en une semaine, d'après Renko.

— J'ai voulu lui donner une boîte de pâtée. Et alors, Son est soudain monté sur le meuble à vaisselle juste à côté de la fenêtre…

Les deux chats s'étaient fait face. A la réflexion, c'était la première fois que Cyclope venait depuis que nous avions Son.

— Dès qu'il l'a vu, Cyclope a ouvert de grands yeux. Puis il m'a regardée. Comme mortifié.

— Et Son ? Comment a-t-il réagi ?

— Il est tellement naïf ! Il a essayé de s'approcher, plein de curiosité, mais Cyclope a feulé avant de s'enfuir à toute vitesse.

Son serré contre elle, Renko avait l'air désolée.

— J'ai l'impression qu'on ne le reverra pas.

— Mais non. Il a été surpris, c'est tout. Il sera de retour dans une semaine.

— Non, j'ai vu dans ses yeux qu'il était bouleversé. Comment dire ? Il m'a regardée comme si je l'avais trahi…

Elle avait raison. Cyclope ne réapparut plus jamais. Comme pour se faire pardonner, Renko continua à déposer chaque jour de la nourriture sur le mur, mais comme personne n'y touchait, elle finit par abandonner. Elle semblait penser à lui de temps en temps et soupirait toute seule.

Malgré ce petit incident, notre vie à trois était paisible. Je découvris que l'arrivée d'un animal changeait profondément le quotidien.

Etant plutôt du soir, nous avions l'habitude de dormir jusqu'à midi, mais Son nous réveillait au plus tard à neuf heures pour réclamer à manger. Je lui donnais ses croquettes tandis que Renko préparait le petit-déjeuner des humains. Laver la vaisselle était mon travail. Pendant ce temps, Renko faisait la lessive. Et Son, sa toilette d'après le repas.

Il apprit très vite à ouvrir la porte de mon bureau en appuyant sur la poignée avec ses pattes avant, debout sur ses pattes de derrière. Pendant que je peinais devant mon ordinateur, il entrait sans se gêner pour faire la sieste. Mon canapé vert de seconde main était déjà plein de poils. Il aimait regarder les moineaux voler dans le ciel ; la gueule tremblante, il poussait de petits miaulements rauques. Puis il repartait en laissant grand ouvert derrière lui. Un chat, ça apprend à ouvrir les portes, mais jamais à les refermer.

Il venait nous embêter quand on étendait la lessive. Renko jouait avec lui, ravie, agitant une chemise mouillée sous son nez. Et quand je trouvais que la maison était bien calme, c'était qu'il dormait aux pieds de Renko en train de travailler. Alors qu'il n'aimait pas que je le prenne dans mes bras, il passait des heures dans les siens. Pour lui, elle était une mère, et moi un grand frère un peu costaud, aurait-on dit.

Renko était plus gaie qu'avant. Quand nous sortions, elle cherchait toujours à rapporter quelque chose qui ferait plaisir à Son. A notre retour, invariablement, le chat nous attendait dans l'entrée. Il refusait de venir quand on l'appelait, mais il suffisait d'éteindre la lumière pour qu'il vienne se glisser dans notre lit, où il s'allongeait entre nous avec un oreiller sous la tête, comme un humain.

Trois saisons avaient survolé cette vie paisible quand Renko eut des problèmes de santé.

Peut-être supportait-elle ces douleurs depuis longtemps déjà sans m'en parler. Un matin, à l'aube, je fus réveillé par des miaulements ; Renko, censée dormir à mes côtés, n'était pas dans le lit. Je quittai la chambre pour découvrir Son en train de gratter à la porte des toilettes. Un rai de lumière filtrait dessous. J'appelai, Ren ! et elle me répondit d'une petite voix que tout allait bien. Je regagnai la chambre avec Son dans les bras pour le calmer, et Renko nous rejoignit. Elle était toute pâle.

— Ça va ?

— Oui. Je suis un peu patraque, répondit-elle en se frottant le bas-ventre.

— Peut-être que le poisson d'hier soir n'était pas très frais ? Moi, ça va, mais…

— Non, ce n'est pas ça.

En plus d'une douleur sourde, elle saignait continuellement, m'apprit-elle.

Dans la matinée, elle se rendit chez un gynécologue du quartier. La doctoresse qui l'examina rendit son verdict : endométriose.

— Il paraît que j'ai un kyste, mais encore petit, alors on va commencer par un traitement médicamenteux.

Le traitement semblait efficace car les douleurs disparurent aussitôt. Mais le kyste, à la racine du mal, ne s'était pas résorbé.

Renko devait se rendre régulièrement à la clinique. On espérait une amélioration grâce au traitement hormonal, mais l'évolution ne semblait pas favorable. Une autre saison s'écoula ainsi. Le corps étranger qui l'habitait ne cessait de grossir.

Le kyste était bénin, nous l'avions su très tôt, mais il n'était pas question de le laisser là où il était ; le mot « opération » se mit à peupler nos conversations.

— Ça veut dire qu'on va t'ouvrir le ventre ?

Renko secoua la tête et désigna son nombril, ainsi qu'un point de chaque côté du bas-ventre, près du bassin. D'après elle, on pratiquait de minuscules ouvertures à ces endroits pour y faire passer un instrument – un endoscope, apparemment – grâce auquel on pouvait enlever le kyste.

— Les cicatrices seront quasiment invisibles, paraît-il.

Malgré tout, il lui faudrait rester hospitalisée cinq jours en tout, entre la préparation et la convalescence, et c'était tout de même une véritable opération, sous anesthésie générale. Ne pouvoir éprouver ni sa souffrance ni ses sensations augmentait encore mon inquiétude.

Le kyste mesurait désormais plus de cinq centimètres. Sur la recommandation de sa gynécologue, Renko se rendit à l'hôpital du Centre national de médecine globale. Elle y subit une batterie d'examens ordonnés par son nouveau médecin, qui lui confirma qu'il valait mieux recourir à l'ablation chirurgicale. Elle prit sa décision. Un lit se libérerait un mois plus tard, lui indiqua-t-on.

Le jour dit, je l'accompagnai à l'hôpital. Au moment de partir, elle serra fort Son dans ses bras. Son duffle-coat fut aussitôt recouvert de poils, qu'elle ne se préoccupa pas de brosser. Parce qu'elle pourrait ainsi garder son odeur jusqu'à l'hôpital, murmura-t-elle, une remarque exceptionnellement sentimentale pour elle.

Dans la chambre aux six lits alignés comme les points d'un dé à jouer, Renko avait un des lits du milieu. Nous n'avions pas encore rangé les vêtements et les affaires de toilette qu'elle avait apportés de la maison qu'on nous appelait pour la consultation. Nous entrâmes après avoir frappé à la porte ; un homme au teint olivâtre et à la tête rasée, en blouse blanche, était assis sur une chaise. C'était le chef de service. Renko s'inclina devant lui et j'en fis autant.

Le chirurgien, un certain professeur Kôyama, me regarda, moi qui avais pris place à côté de Renko sur un signe de l'infirmière, et demanda si j'étais son mari. Son compagnon, répondit-elle. Kôyama acquiesça et entreprit d'expliquer une nouvelle fois l'intervention chirurgicale, en termes concrets. Renko, qui semblait savoir tout cela par cœur, opinait du chef ici et là avant qu'il ait fini ses explications, mais moi qui entendais pour la première fois ce discours de vive voix, j'eus besoin de le faire répéter à plusieurs reprises pour bien comprendre.

— Pour résumer, on peut dire qu'un kyste chocolat est une poche dans laquelle le sang stagne ? demandai-je.

— Non seulement on peut le dire, mais c'est exactement cela. Le laisser tel quel expose au risque d'une rupture et surtout, vu sa taille, il vaut mieux le retirer.

— Combien de temps doit durer l'intervention ?

— Ça ne devrait pas être très long. Deux heures, tout au plus. Aujourd'hui, il s'agit d'abord de prendre du repos et de s'adapter à l'environnement.

Pour finir, après des explications sur les préparatifs et les précautions à prendre pendant l'hospitalisation, on nous fit signer un formulaire d'autorisation. L'infirmière me demanda un numéro à joindre en cas d'urgence ; je lui donnai celui de mon portable.

De retour dans la chambre, après une petite heure passée à ranger les affaires de Renko, nous allâmes faire un tour à la boutique du rez-de-chaussée. Renko acheta une glace – un de ses aliments préférés – avant d'avoir à jeûner. Elle devait aussi subir une prise de sang et un bilan préopératoire.

— Tu m'enverras une photo de Son, hein ? insista-t-elle à plusieurs reprises au moment de se séparer dans le hall.

Je quittai l'hôpital en lui promettant de m'en occuper dès que j'arriverais à la maison.

J'avais envie de marcher ; je rejoignis Shinjuku à pied, perdu dans mes pensées. J'étais persuadé que le chirurgien de Renko serait une femme. Je savais bien que c'était puéril d'éprouver un tel sentiment à la veille d'une opération lourde, mais je ne pouvais m'empêcher de penser que ce type allait voir l'intérieur de Renko. Et alors ? Il avait au moins dix ans de plus qu'elle, tentai-je de me rassurer tout aussi bêtement. S'il avait été plus jeune, je me serais peut-être senti encore plus vulnérable.

Lorsque je rentrai après avoir dîné dans un restaurant de yakitoris, Son surgit en miaulant de l'obscurité humide de la maison. Je versai des croquettes dans son écuelle en m'excusant d'avoir mangé en premier sans lui. Regarder tout seul la nuque du chat en train de mastiquer sa pitance était terriblement triste. A la réflexion, c'était la première fois que je passais la soirée en tête à tête avec lui. Et cela allait durer encore cinq jours.

Après avoir pris mon bain, j'extirpai de force Son de sous la table basse chauffante où il dormait et photographiai sa moue renfrognée avec mon téléphone. Quand je l'envoyai à Renko, elle me répondit aussitôt.

Lavement, aïe !

J'éclatai de rire tout seul.

Le lendemain, il pleuvait. Surpris par la fraîcheur soudaine de ce début de printemps, je me rendis à l'hôpital où Renko était encore plus pâle que la veille. Je me disais que l'anxiété avait fini par prendre le dessus quand elle me lança d'un air dépité qui me rassura plutôt :

— J'ai encore eu droit à un lavement ce matin au réveil.

L'infirmière arriva à ce moment-là. Renko enfila une blouse chirurgicale et quitta la chambre. Je l'accompagnai au bout du couloir, jusqu'à la dernière porte avant le bloc opératoire.

— A plus tard.

— Oui.

Elle me fit un petit signe de la main et s'éloigna en traînant son pied à perfusion. L'infirmière referma la porte avec un sourire.

Je pris l'ascenseur. A la cafétéria du rez-de-chaussée, je commandai un café. Sachant que je n'aurais pas l'esprit à travailler, je n'avais même pas apporté mon ordinateur. Pour m'occuper, j'avais *Printemps pourri* de Robert B. Parker, un livre que j'avais lu un nombre incalculable de fois, mais je n'arrivais pas à me concentrer sur les lignes. J'abandonnai ma lecture pour aller me promener autour de l'hôpital. La pluie avait cessé mais la ville était imprégnée d'humidité, comme plongée dans le brouillard. Mon haleine faisait des nuages blancs.

J'attendis l'ouverture d'un restaurant de soba pour y déjeuner tôt. De retour à l'hôpital, je pris encore un café à la cafétéria. Il n'avait pas de goût, je ne sais pas si c'était à cause de mon état ou simplement parce que c'était du jus de chaussettes.

Le calme régnait dans la chambre de Renko. Son lit était resté tel qu'elle l'avait laissé, les draps froissés. Je m'y allongeai pour lire *Printemps pourri*.

J'avais mangé un bol de riz garni qui me pesait peut-être sur l'estomac, car j'eus soudain très sommeil. Je m'étais assoupi quand, au loin, une voix m'appela, monsieur Hayakawa ! Je rouvris vite les yeux : l'infirmière vue la veille pendant la consultation m'observait de derrière le rideau.

— Le professeur Kôyama vous demande.

— Et l'opération ?

— Elle vient juste de finir.

Je regardai la pendule au mur. Il était un peu plus de quatorze heures.

J'attendais dans le cabinet de consultation quand Kôyama entra, dans sa blouse chirurgicale.

— L'intervention s'est bien passée.

La sueur luisait sur le visage du chirurgien à peine sorti du bloc opératoire. Tout s'était déroulé sans anicroche, le kyste avait été enlevé et Renko était dans un état stable, m'expliqua-t-il.

— Vous voulez le voir ?

— Quoi donc ?

— Le kyste.

Il fit apporter la cuvette médicale par l'infirmière. Au fond du plat argenté en forme de haricot qu'il me tendait s'étalait une masse informe, gluante et rouge. Ça rappelait un peu une tomate séchée. Et cela venait de l'intérieur du corps de Renko.

— Et elle… ?

— Les effets de l'anesthésie devraient bientôt s'estomper, on la transportera dans sa chambre quand elle aura repris connaissance.

Ses explications me rassurèrent, mais pas totalement. J'avais besoin de voir Renko pour être vraiment tranquillisé.

Je m'apprêtais à quitter le cabinet après l'avoir remercié lorsqu'il m'arrêta.

— Vous allez peut-être trouver que je me mêle de ce qui ne me regarde pas, mais permettez-moi un commentaire.

— Oui ?

Il me fixa de ses yeux injectés de sang.

— Vous m'avez été présenté comme le compagnon de Mme Mikita… Puisque l'intervention a réussi, ses fonctions reproductives sont rétablies et pendant six mois environ, elle pourra plus facilement tomber enceinte. Si vous comptez rester ensemble, c'est l'occasion d'envisager de fonder une famille. Je voulais juste vous le signaler. Parce qu'une grossesse est aussi le meilleur remède à une récidive de la maladie.

— … Je vois. Merci.

Je m'inclinai une nouvelle fois devant lui.

J'allai attendre dans la chambre, où deux infirmières arrivèrent en poussant un brancard. Renko y était étendue, vêtue d'un kimono en coton léger comme on en porte dans les auberges, peut-être pour la facilité avec laquelle ce vêtement s'ouvre sur le devant. L'opération à peine terminée, elle avait repris conscience mais paraissait encore ailleurs, et elle ne pouvait pas se lever seule. Les infirmières prirent leur élan pour la déposer sur le lit. Le pied à perfusion, son tuyau coincé dans l'angle du brancard, vacilla. Les yeux de la patiente s'entrouvrirent pour se poser sur moi. Elle murmura quelques mots incompréhensibles. Referma les paupières. Son visage sur l'oreiller n'était pas celui que j'avais l'habitude de voir quand elle dormait ; ses traits étaient relâchés, comme atones, sa tête ballante au bout du lit.

Les infirmières reparties, Renko releva les paupières avant de retomber dans un profond sommeil. Plus tard, l'esprit un peu plus clair, elle garda les yeux ouverts plus longtemps. A son énième réveil, son regard avait enfin retrouvé des forces et, après avoir tourné la tête pour examiner les lieux, elle murmura :

— C'est fini ?

— Oui. L'opération a réussi. Le kyste a été retiré. Comment c'était ?

— Aucune idée, je ne me souviens de rien.

Elle posa son bras sur ses yeux, qu'elle ferma.

— Tu as mal au ventre ?

— Je ne sais pas trop.

— Et l'anesthésie ?

— Je me sens encore toute bizarre.

— Tu ferais mieux de passer la journée à dormir.

— J'ai parlé ?

— Non. Tu bavais un peu, c'est tout.

Un sourire éclaira son visage. Je me sentis enfin rassuré. Elle voulait vite caresser le chat, annonça-t-elle.

Le lendemain, elle avait retrouvé le plein usage de ses cinq sens et arrivait à se lever toute seule. Les plaies par où l'endoscope avait été inséré la faisaient souffrir, ce qui paraissait logique, à part cela elle ne ressentait rien d'anormal, si ce n'est un manque d'appétit. Le chirurgien décida de la laisser sortir de l'hôpital deux jours plus tard, comme prévu.

Le midi précédant sa sortie, nous sommes allés ensemble à la cafétéria de l'hôpital – Renko n'avait plus de diète imposée. Après le repas, nous avons pris un café.

— Le jour de l'opération, le professeur Kôyama a demandé à me voir.

— Oui ?

— Et il m'a dit quelque chose.

— Quoi ?

Sans trop savoir pourquoi, je n'arrivais pas à la regarder en face, alors je fixai le liquide noir ni amer ni âcre que j'avais sous les yeux.

— Que faire un enfant était le meilleur remède pour éviter une récidive.

— Je sais.

— Il t'en a parlé aussi ?

— Disons plutôt que tout le monde sait ça.

— Ah bon ?

Elle tourna les yeux vers la fenêtre. Le ciel était dégagé.

— Un enfant…

— Oui, un enfant…

J'attendis qu'elle reprenne la parole. Elle resta silencieuse.

Je dis en blaguant à moitié :

— Et si on essayait ?

Elle me regarda, pencha la tête et sourit du bout des lèvres. Puis elle reporta son regard vers la fenêtre.

— S'il y a la place entre nous pour un enfant.

La lumière du soleil, reflétée par les feuilles des arbres à travers la vitre, dansait sur sa joue. Je portai à mes lèvres la tasse en porcelaine bon marché et hochai la tête. Je fus surpris de constater que j'étais soulagé. Et ce soulagement me fit horreur.

Le lendemain, après une dernière consultation en forme d'au revoir, nous avons rassemblé les effets de Renko. Il était presque midi à notre départ de l'hôpital. Nous aurions pu manger quelque part avant de rentrer, mais elle était tellement pressée de retrouver Son que nous avons filé tout droit à Hatagaya en taxi. Le beau temps d'après les premières bourrasques printanières planait sur la ville, amenant une chaleur qui faisait transpirer, et sur les branches des arbres les bourgeons roses se dépêchaient de gonfler.

Quand nous sommes arrivés à la maison, Son nous attendait dans l'entrée. Alors qu'il lui suffisait d'une semaine pour m'oublier, il se souvenait même du bruit des pas de Renko. Il ne la quitta pas de la journée. Quant à elle, elle ne cessait de le prendre dans ses bras.

Renko était sortie de l'hôpital, mais après cinq jours à garder le lit presque continuellement, elle avait perdu en tonicité et s'essoufflait rien qu'en gravissant les escaliers. Nous attendîmes la pleine floraison des cerisiers pour sortir ; la promenade ferait office de rééducation.

Le parc Asukayama était nimbé de rose à trois cent soixante degrés. Le sol disparaissait sous les pétales éparpillés. Partout des familles pique-niquaient sous les arbres aux troncs robustes, tandis que sur les bancs des couples âgés se perdaient dans la contemplation de la voûte formée par les cerisiers.

Une foule attroupée sur l'esplanade nous attira : au milieu des gens qui faisaient cercle se tenait un homme au visage maquillé de blanc. L'artiste, en équilibre sur un amoncellement de planches et de tubes de formes et de tailles variées, jonglait avec trois ou quatre objets rappelant des quilles de bowling. La majorité des spectateurs étaient de jeunes enfants qui poussaient des cris de joie chaque fois que le nombre de quilles augmentait ; Renko les regardait avec amusement.

Nous trouvâmes un endroit calme, où les cerisiers étaient néanmoins beaux, et je la photographiai avec le Ricoh Auto Half que j'avais ressorti pour l'occasion. Auréolée d'une uniforme lumière blanche, elle n'avait jamais été aussi belle.

Mon téléphone vibre au creux de ma main. C'est un appel de Mari. Depuis son départ pour Niigata, où elle est au chevet de sa mère dont le cancer a récidivé, je n'ai plus de nouvelles.

Alison d'Elvis Costello résonne dans le bar. Le patron d'ici, un homme de mon âge, n'aime pas qu'on parle au téléphone à son comptoir. Je m'excuse et sors pour prendre la communication.

— Allô ?

— Où es-tu en train de boire ?

Cela fait plusieurs semaines que je n'ai pas entendu sa voix, mais elle ne suscite quasiment aucune nostalgie en moi.

Sans répondre, je lui demande :

— Tu es chez tes parents ?

— Non, à Tokyo.

— Tu es revenue ?

— Il y a déjà une semaine.

— Comment allait ta mère ?

— Tu t'en moques, ne fais donc pas semblant.

— Tu m'appelles pour qu'on se dispute ?

A l'autre bout du fil s'élève un soupir pareil à une bourrasque.

— … La maladie semble progresser moins vite que prévu, pour l'instant, ça va.

— Tant mieux.

— Dis-moi plutôt, il paraît que tu ne vas plus là-bas ?

— Où ça ?

— T'occuper du chat.

Cela fait deux semaines que j'ai cessé d'aller à Higashi-matsubara. Comme toujours, je tente de noyer mes multiples regrets dans l'alcool en faisant la tournée des bars que je connais, tel un poisson migrateur. Mais l'odeur ensoleillée du pelage de Son refuse de s'effacer de ma mémoire.

— Qui te l'a dit ?

— Qui ? Miyata.

— Miyata ? Tu veux dire…

— En ce moment, il vient tous les jours. D'après lui, c'est toi qui lui as donné l'adresse.

Peut-être lui avais-je parlé de Mari un jour au fil de la conversation, quand j'y allais pour m'occuper de Son.

— Mais il ne boit pas d'alcool, si je ne m'abuse ?

— Il n'arrête pas de boire du Coca-Cola. Je suis sûre que c'est mauvais pour la santé, alors au bout d'un moment, je lui sers du thé vert.

— Pardon, dis-je sans trop savoir pourquoi je m'excuse.

— Mais je ne peux quand même pas lui faire payer le thé vert. Et en plus, il est vissé là de l'ouverture à la fermeture. Hier, il était devant le bar, à attendre que j'arrive.

— Hum…

— Et puis il est imposant, n'est-ce pas ? Les autres clients n'apprécient pas trop sa présence.

— Mais que fait-il chez toi ?

— Qu'est-ce que tu racontes ? s'écrie-t-elle en haussant le ton. Il vient pour te voir.

— Pour me voir ?

— Règle-moi ça, s'il te plaît.

— Attends, tu veux dire qu'il est chez toi, là, maintenant ?

— Bien sûr que oui !

Elle me raccroche au nez. Je regagne le bar, avale le whisky-soda que je venais à peine de commander et me dépêche de régler l'addition.

En temps normal, j'y serais allé à pied, mais je décide de héler un taxi. Nous filons sur l'avenue Meiji-dôri, laissant Shinjuku derrière nous. Je me résigne à descendre au feu de Kita-sandô, qui est long, et le vent froid me pourchasse jusqu'au bar de Mari dont je pousse la porte. L'homme qui fait une tête de plus que les autres clients alignés au comptoir se retourne. Quand il réalise que c'est moi, une lueur étincelle au fond de ses yeux aux paupières lourdes.

La patronne me ménage une place à côté de lui, où je me glisse. Je jette un coup d'œil à sa boisson : du liquide vert, dans une tasse en verre trempé pourvue d'une anse en argent. Exactement comme Mari me l'a dit. Combien de verres de Coca-Cola a-t-il bien pu avaler jusque-là ?

Comme il ne fait pas mine d'ouvrir la danse, je me lance en remarquant que ça fait deux semaines que nous ne nous sommes pas vus et je lui demande comment se porte Son ; Miyata répond par monosyllabes et porte la tasse à ses lèvres. Il a du mérite d'avoir trouvé le bar, dis-je, certains clients se perdent même la deuxième fois, ce qui ne lui tire encore une fois que des borborygmes. La soirée s'annonce longue. Résigné, j'attends qu'il se décide à parler en sirotant mon whisky-soda. Mari, sans doute par discrétion, continue à discuter avec d'autres clients.

— Renko a fini par se transformer en chat, lance-t-il soudain alors qu'il semblait se contenter de regarder dans le vide.

J'ai du mal à saisir le sens de ses paroles. Non, ce n'est pas exactement ça, marmonne-t-il, puis il murmure que l'état de Son ne cesse de se dégrader, avant de se reprendre une nouvelle fois, non, j'ai tout faux, et il se tait, fourrageant dans sa chevelure des deux mains.

En recollant les morceaux de son discours sans queue ni tête, il ressort qu'après avoir reçu le mail dans lequel j'annonçais que je ne viendrais plus, Renko – qui nourrissait bien entendu des soupçons – l'a pressé de questions, auxquelles il n'a tout d'abord pas répondu ; quand le regard de son épouse s'est fait plus dur, il a fini par lui servir un petit mensonge – comme quoi je lui avais dit que je voulais arrêter de m'occuper du chat –, suivi d'un plus gros pour dissimuler le premier, et de fil en aiguille, il s'est enlisé, ce qui n'a pas échappé à sa femme aux sens aiguisés, tant et si bien qu'un soir, n'en pouvant plus, il a fini par avouer que nous avions eu des mots. Depuis, Renko ne lui adressait plus la parole et refusait de le regarder. Exactement comme Son quand il est de mauvais poil.

— Ça va lui passer, non ? C'est juste histoire de marquer le coup, dis-je pour le rassurer.

— Mais c'est la première fois que je la vois se comporter ainsi. Je ne sais pas, elle boude pour de drôles de raisons.

— C'est sûr. Quand on s'est mis ensemble…

Je m'interromps pour lui lancer un coup d'œil, pensant qu'il n'appréciera pas que j'évoque le passé. Il me fixe, frémissant d'excitation comme un chien qui attend une friandise.

— Bon, sans vouloir me vanter, à l'époque, j'étais assez copain avec un réalisateur à peu près de mon âge. Un soir où nous prenions un verre ensemble, je lui ai annoncé que je sortais avec Mikita et il s'est énervé.

Miyata me demande pourquoi, ce à quoi je ne peux que répondre que je l'ignore.

— Il était amoureux de Renko, peut-être ?

— Impossible. Il ne la connaissait même pas. Je crois que c'était juste qu'il ne voulait pas admettre qu'elle tournait de bons films.

Après avoir copieusement déblatéré sur Renko, il avait quitté le bar en me lançant sur un ton définitif qu'elle signerait ma perte. Je l'avais laissé dire. Ensuite, il m'avait moins souvent contacté, et je m'étais moi aussi un peu senti obligé de l'éviter ; nous avions fini par nous perdre de vue.

— Et puis j'ai fait l'erreur d'en parler à Mikita. Je lui ai rapporté ce qu'il m'avait dit. Pour le coup, c'est elle qui s'est mise en rogne. Elle trouvait ça blessant que je me laisse atteindre par si peu. Elle ne comprenait pas que je manque de confiance en moi à ce point.

Maintenant que je repense à cet épisode, moi aussi je trouve ma faiblesse risible.

— Et voilà que six ans plus tard, alors que je préparais mon déménagement suite à notre séparation, je tombe par hasard sur ce même réalisateur.

C'était dans une petite salle de Shibuya où j'étais allé faire un tour à l'occasion – qui se présentait rarement – d'un festival sur Vitali Kanevski. A la fin du film, quand les lumières se sont rallumées, nos regards se sont croisés par hasard. Nous avons échangé un salut poli, mais j'étais déprimé et j'avais besoin de me confier, n'importe qui aurait fait l'affaire ; j'ai glissé dans la conversation que Mikita et moi, c'était fini. Il a fait semblant d'en être désolé, il était persuadé qu'on se marierait, on formait un si beau couple, et il a ajouté en riant qu'il serait peut-être marié avant moi, vu les circonstances. C'est alors que j'ai remarqué la femme aux hanches larges qui se tenait à ses côtés. Une actrice à la carrière tardive, dont on commençait à parler ; je la connaissais de vue.

— Et en effet, il paraît qu'il l'a très vite épousée… Comment dire, j'ai compris ce jour-là que l'avis d'autrui, mieux valait ne pas trop y prêter l'oreille, au bout du compte.

J'ai fini mon verre sans m'en rendre compte. J'en commande un autre.

— Pourquoi vous êtes-vous séparés ? demande Miyata en fixant un point dans le vide.

J'attends que Mari rafraîchisse ma consommation et qu'elle reprenne le fil de sa conversation avec un client à l'autre bout du comptoir.

— Je pense que nous n'avons pas réussi à concilier notre vie de couple avec notre vie professionnelle en tant que scénariste et réalisatrice.

Des rires s'élèvent près de nous. Un groupe de trois clients, deux hommes et une femme, débattent du meilleur ingrédient dans les galettes *monjayaki*, œufs de colin ou fromage ? Hé, n'oubliez pas les nouilles craquantes Baby Star, intervient Mari.

C'est à mon tour de questionner Miyata :

— Comment avez-vous rencontré Mikita ?

— A l'occasion d'une interview.

Quand était-ce donc ? s'interroge-t-il en tapant de l'index sur le comptoir tandis qu'il fouille sa mémoire. Le nom d'un film lui revient. Un drame familial que Renko a tourné trois ans plus tôt.

— Je l'ai interviewée au moment de sa sortie.

— C'était votre première rencontre ?

Il acquiesce.

— Je venais d'être affecté aux pages Culture et je crois bien que c'était ma première interview de ce genre. Je me suis rendu sur place, chez le distributeur, je suppose.

L'entretien s'était déroulé sans accroc. La réalisatrice s'exprimait avec aisance et elle était affable.

— Son discours se prêtait bien à la rédaction d'un article, si vous voyez ce que je veux dire. Peut-être faisait-elle attention à me faciliter le travail. Je n'ai pas eu de mal à écrire mon papier. Trois jours plus tard, j'ai envoyé les épreuves au distributeur, et le lendemain, je recevais un appel de Renko… Elle était furieuse.

— Furieuse ?

— Oui.

— L'article ne lui convenait pas ?

C'était une interview qui ne nécessitait pas de broder, et, dans son souvenir, il avait rapporté ses paroles le plus fidèlement possible.

— Il s'agissait d'une série de rencontres avec des réalisateurs sur leur nouveau film. J'avais choisi de tout écrire à la première personne du singulier. C'était ça qui coinçait, semblait-il... Pour des raisons de marketing, c'était elle, la réalisatrice, qui répondait aux interviews, m'a-t-elle expliqué, mais ses films, elle ne les faisait pas seule. C'était précisément pour cette raison qu'elle avait employé le « nous » quand elle me parlait, qu'elle avait cité le nom du directeur de la photographie à propos des détails techniques, et celui du scénariste pour les dialogues et l'histoire. Cela lui posait un problème que je ne reconnaisse pas l'importance de ce travail d'équipe.

J'opine du chef en soupirant. C'est du Renko tout craché.

— Elle m'a fait comprendre qu'un film, ça ne sortait pas de l'imagination d'une seule personne, ce que j'ai essayé de restituer du mieux que je pouvais dans mon article. Quelques jours plus tard, elle m'a rappelé pour s'excuser, elle était allée trop loin, je me suis excusé à mon tour, et nous avons décidé d'aller dîner ensemble...

A partir de là, je n'ai ni besoin ni envie d'en savoir plus. Je l'interromps :

— Et donc, vous voilà, ce soir...

Le journaliste longiligne, après avoir opiné comme si sa tête était montée sur des ressorts, se tourne vers moi et déclare :

— En un mot, Hayakawa, je voudrais que vous reveniez.

— Revenir ?

— Pour soigner Son avec nous. Je ne vois pas d'autre moyen pour que Renko me pardonne.

— Mais vous, vous n'avez pas envie de me voir revenir ?

— Non.

Sa réponse du tac au tac m'arrache un rire.

— Alors, pourquoi ?

— J'ai un enfant.

— Pardon ?

— Avec mon ex-femme. Il a sept ans.

Je suis estomaqué.

— Mon fils n'avait que deux ans quand nous nous sommes séparés et ma femme s'est remariée, il a désormais un nouveau père. Misae m'a prié de l'oublier… Ah, Misae, c'est…

— Votre ex-femme. J'ai compris.

— Elle n'avait pas besoin de me le demander, je n'avais pas l'intention de le revoir, et j'ai tenu parole. Mais si jamais il lui arrivait quelque chose, je ferais n'importe quoi pour lui, sans hésitation.

Je commence à deviner où il veut en venir.

— Et vous vous demandez comment on peut prendre les choses au tragique pour un simple chat…

— Vous me trouvez dur ?

— Moi non plus, je n'aime pas les gens qui se comportent comme si les animaux étaient des humains. Mais…

Je tourne les yeux vers Mari. Elle rit avec des clients. Ce sourire…

— Mais vous ne croyez pas que l'amour qu'on éprouve est le même, qu'il s'agisse d'un humain ou d'un animal ?

Son absence de réponse vaut acquiescement.

— Et puis… comment dire, je crois que pour Renko, Son n'est ni un humain ni un animal.

— Ni un humain ni un animal ?

— Exactement.

— Qu'est-ce que c'est, alors ?

Une malédiction. Le mot me brûle les lèvres, mais je m'abstiens.

— Bonne question…

Pour noyer le poisson, je lui annonce avec un rire gêné que j'accepte sa proposition.

— Par contre, comment faire ? Je veux bien retourner soigner Son, mais vous vous chargez d'expliquer pourquoi ?

Le mari de Renko secoue énergiquement la tête.

— Notre rencontre de ce soir doit rester secrète. J'aimerais que vous contactiez Renko dès demain, par mail ou par téléphone, pour lui dire que vous avez réfléchi et que vous voulez être aux côtés de Son, vous occuper de lui jusqu'au bout, quelque chose dans ce genre.

— C'est à moi de lui dire que je veux m'occuper de Son alors que j'ai annoncé que j'arrêtais ?

— Ça n'est pas possible ?

— Elle flairera tout de suite la supercherie. Elle a le chic pour ça.

— C'est vrai. Mais ce n'est pas grave. Le plus important, c'est qu'elle me pardonne. Et puis, si on ne se dépêche pas…

Miyata se tait et détourne les yeux. Il écarte les mains qu'il avait gardées jointes et se frotte les paupières.

— Bref, allez vite voir Son, s'il vous plaît.

Il lève une main pour attirer l'attention de Mari, sort un billet de dix mille yens de son portefeuille avant même d'avoir l'addition. Il n'a rien à ajouter, semble-t-il.

— Je peux vous poser une dernière question ? dis-je pendant qu'il attend sa monnaie.

— Oui ?

— Pourquoi vous êtes-vous séparés, votre ex-femme et vous ?

Ce n'est certainement pas la question à laquelle il s'attendait, car il se fige avec une grimace. Il fronce les sourcils en accent circonflexe et relève la commissure de ses lèvres, ce qui lui fait un drôle de sourire tandis qu'il déclare d'un ton ferme :

— Nous nous sommes rencontrés, nous nous sommes aimés et nous nous sommes séparés.

Mari arrive. Miyata prend sa monnaie, vide sa tasse de thé vert d'un trait et, comme on ferme un parapluie pliant, rassemble son corps tout en longueur et en largeur pour se lever et quitter le bar.

Je continue à boire seul, sans raison. Les clients finissent par partir et Mari éteint la lumière de la devanture.

Miyata veut que je retourne soigner Son… entreprends-je d'expliquer, arrachant un soupir étouffé à la tenancière vidée par une longue journée de travail au contact de la clientèle. Elle hoche la tête à plusieurs reprises comme pour montrer qu'elle comprend, coupe la musique, avale une rasade du whisky dans son verre – c'est le sien, un cadeau de l'épouse du propriétaire du bar – et me demande ce que je compte faire. L'alcool altère déjà sa voix.

Je n'ai pas l'intention de lui répondre. Elle reprend une gorgée de whisky en poussant un grognement.

— Concilier vie de couple et vie professionnelle en tant que scénariste et réalisatrice ? Tu excelles toujours autant à te trouver de mauvaises excuses, toi.

Même occupée, elle a gardé un œil sur moi tout du long.

— Arrête de t'attribuer le beau rôle. Tu t'imagines que vous aviez quelque chose de spécial, elle et toi ? Tu veux juste te persuader que tu étais dans le vrai. Eviter de reconnaître que tu t'es planté. Te blanchir de ta trahison.

A chaque exhalaison, ses épaules se lèvent et s'abaissent en rythme.

— Si tu veux qu'on se sépare, tu n'as qu'à me le dire, lancé-je. Je ferai comme tu veux.

— C'est tout toi, ça, se défiler devant les décisions à prendre. Tu ne veux pas être le méchant de l'histoire, c'est ça ? C'est précisément pour cette raison que tu n'arrives pas à t'engager avec moi. Et pas seulement avec moi, avec personne.

— Eh bien, qu'attends-tu de moi ? Désolé, mais je n'ai pas l'intention de changer pour toi.

Une cuillère à cocktail vole dans ma direction. Elle rebondit sur mon épaule avant de choir sur le sol en béton avec un bruit à vous vriller les tympans. Mari hurle, sa voix tenue à distance par les problèmes qui me submergent, me paralysent. Je sens le détachement m'envahir. Sa colère est grotesque ; notre relation a commencé comme une aventure extraconjugale et elle se terminera sans doute de la même façon – elle-même est incapable de rompre avec ses ex et se vante de recevoir des mails d'eux dans lesquels ils demandent à la revoir, juste pour essayer de m'énerver. Le pire est qu'elle le fait inconsciemment, c'est lamentable. Nous sommes incapables de nous faire confiance, nous ne voulons pas y croire, est-ce que c'est ça, l'amour ? A la réflexion, j'avais totalement confiance en Renko. Il n'y avait ni doute ni suspicion entre nous. L'amour sans confiance serait réel, alors qu'avec quelqu'un de loyal il prendrait fin ? Je refuse de le croire.

Six mois après sa cœlioscopie, ses forces reconstituées, Renko travaillait d'arrache-pied, entre un long-métrage à venir et des spots publicitaires dans l'immédiat, avec désormais l'assurance d'une cinéaste à part entière. Chacune de ses nouvelles réalisations déclenchait des critiques plus enthousiastes et les sociétés de production avec lesquelles elle tournait lui accordaient leur confiance, tandis que moi, de mon côté, je continuais d'écrire des scénarios, peu nombreux mais de manière régulière. Grâce à quoi nous arrivions à payer tous les mois le loyer de la maison qui, au début, nous était apparu comme une lourde charge, et même à économiser un peu, si bien que l'achèvement d'un scénario, par exemple, était prétexte à pousser la porte d'un restaurant de sushis où nous repensions avec nostalgie au temps d'Otsuka, quand, après le maigre salaire tiré de quelques pages écrites, nous allions manger côte à côte des sushis de thon un peu desséchés disposés sur un tapis roulant. Nous menions la vie qui nous plaisait, avec notre argent. Nous ne pouvions espérer mieux.

C'est alors que surgit la routine.

Le matin, j'étais réveillé par les miaulements de Son, puis je prenais le petit-déjeuner préparé par Renko. Je faisais ma toilette, me servais un café et montais dans mon bureau. Je restais devant mon ordinateur jusqu'en fin d'après-midi – en prenant parfois une pause – et, à la nuit tombée, Renko se remettait à la cuisine. Nous dînions en déjouant les attaques de Son qui voulait goûter à la nourriture des humains, puis, après le bain, soit je prenais un verre, soit je me remettais au travail, avant d'aller me coucher à une heure tardive. Quand je me réveillais, le soleil matinal nous baignait, deux humains et un chat, comme la veille. Les bâillements de Son, de rares séances d'exercice physique, l'odeur de l'assouplissant choisi par Renko, nos émissions télévisées préférées enregistrées chaque semaine, les légumes que nous nous faisions livrer : à tout point de vue, nous menions une vie parfaitement équilibrée. Sans régression ni avancée. Ce quotidien pareil à une mer d'huile qui s'étendrait à trois cent soixante degrés, je l'avais en effet appelé de mes vœux. Jamais je n'aurais imaginé qu'une fois mon souhait réalisé, il se révélerait aussi creux.

Notre seul stimulus commun était le travail. Grâce au succès du film de Renko sur lequel nous avions travaillé ensemble, nous étions souvent sollicités en binôme. Et même si ce n'était pas le cas, quand elle acceptait une offre, à force d'en parler au quotidien, c'était moi qui finissais par écrire le scénario ; cette mécanique s'était mise en place naturellement. Les repérages de terrain en province nous tenaient lieu de voyages. Nous discutions de la future distribution du film la tête sur l'oreiller et confrontions nos avis sur le scénario au supermarché.

En nourrissant le chat, en passant l'aspirateur, en se brossant les dents, nous construisions l'histoire qui nous occupait. La psychologie d'un criminel un jour, le lendemain, pour un autre projet, les affres de l'adolescence ou le délitement d'une famille. Jongler avec des personnages imaginaires était intéressant mais il y avait un terrain sur lequel je rechignais à m'aventurer : celui de l'amour et du sexe. J'avais l'impression qu'à force de débattre et de disséquer les liens entre deux personnages fictifs, notre propre relation se trouverait mise à l'épreuve, et cela me dérangeait. La difficulté à livrer ses sentiments devant des amours fabriquées… Quand la discussion portait sur le sexe, c'était encore plus déstabilisant. Plus nous en parlions, et plus caresser Renko m'effrayait. Qu'en pensait-elle ? Je n'osais même pas lui poser la question. Comme si elle payait le prix des intrigues que nous tissions les unes après les autres, notre histoire d'amour restait à la traîne, et nous laissions faire en silence.

Dans ces circonstances, mon intérêt se tourna vers l'extérieur. J'étais déjà plus ou moins accro à la bouteille, mais désormais l'alcool revêtait pour moi une autre signification. Quelque part, je cherchais à me mettre en danger. Je buvais chaque soir, errant sans but dans la ville. Je préférais la solitude. Les promesses m'enquiquinaient. Je poussais une porte au hasard, me fondais dans ce que je découvrais derrière, et buvais.

Peut-être n'avais-je pas envie de rentrer à la maison. Mais je ne cessais de me répéter qu'il le fallait. Quand j'arrivais vers trois heures du matin, vacillant, au début Renko m'attendait, puis elle y renonça. Je pénétrais dans le salon plongé dans l'obscurité où Son, qui avait sans doute dormi près d'elle, me rejoignait et, silencieux, me regardait chercher encore une bière dans le réfrigérateur, bien que déjà ivre au point de ne me souvenir de rien. Ses yeux luisaient, humides. Saleté de chat.

Un jour, je m'aperçus que ce manège durait depuis six mois.

Renko, qui n'aimait pas les mondanités et ne sortait pas plus qu'il n'était nécessaire, faisait la cuisine. Sa présence silencieuse m'angoissait. Les rares soirs où je ne sortais pas boire, elle regardait droit devant elle, sans un mot. Cela me donnait envie de me soûler. C'était toujours moi qui prenais la fuite.

L'un des habitués avec qui je m'étais lié à force d'écumer les mêmes bars tous les soirs m'emmena dans son troquet favori ; je passai la nuit avec la femme assise par hasard à côté de moi. C'était la première fois que je poussais aussi loin une rencontre et, malgré la culpabilité que j'éprouvais vis-à-vis de Renko, notre liaison dura un certain temps. La fille s'appelait Sae.

Employée dans une entreprise de cosmétiques à Ginza, elle hantait les bars de la capitale au gré des invitations, en semaine comme le week-end. Elle répétait sans cesse qu'elle n'aimait personne mais elle avait toujours un homme dans son sillage – jamais le même, d'ailleurs.

— Comment une fille qui n'aime personne peut-elle se taper autant de mecs ?

— Je n'aime pas les gens. Mais je déteste la solitude.

Elle qui laissait libre cours à ses désirs n'était pas très appréciée dans le quartier. Cela montrait juste que les gens étaient jaloux de sa liberté. Bref, c'était moche à voir, d'un côté comme de l'autre. Des hommes avaient failli se battre au couteau pour elle, m'avait-on dit.

Face à Sae qui vivait sans se soucier d'autrui, je ne pouvais m'empêcher de m'interroger sur la platitude de ma propre existence. Comparés à elle, Renko et moi étions si ternes ! Plus je me débridais à l'extérieur, plus le quotidien avec ma bien-aimée et notre chat me paraissait fade. Les efforts fournis pour l'obtenir, cette vie, et l'impossibilité où je me trouverais d'y revenir – ces choses-là, c'est toujours après qu'on les comprend, une fois que c'est fini. On passe sa vie à découvrir la réponse trop tard.

— Tu as trouvé le bon filon, toi, m'avait lancé Kishitani, voyant que, tout en rêvant d'une vie dissipée, je me complaisais dans la tiédeur de l'harmonie.

A l'époque, le manga qu'il publiait en feuilleton avait du succès et il avait tellement la pêche qu'on allait boire un coup même quand il venait de livrer un chapitre après une nuit blanche.

— Comment ça, le bon filon ? rétorquai-je, sentant qu'il me prenait de haut.

Il était deux heures du matin. La gnôle sans marque au goût chimique du bistrot de seconde zone où nous étions m'était montée à la tête et j'avais l'élocution pâteuse.

— Tu as beau te plaindre, tu n'as pas l'intention de quitter la fille avec qui tu vis, n'est-ce pas ? Mais tu vas voir ailleurs pour te changer les idées. Tu ne t'en fais pas, quoi.

A côté de l'homme qui avait épousé, il y avait environ un an de cela, la femme qui l'avait soutenu durant toutes les années où ses mangas ne suffisaient pas pour le faire vivre, se tenait sa jeune maîtresse, rencontrée à l'occasion d'une séance de dédicace de son nouvel album le mois précédent.

— Ne faites pas comme si vous n'étiez pas concerné, s'il vous plaît.

Le bistrot était bondé de jeunes gens ivres qui attendaient le premier métro. Le mangaka avala une gorgée de son cocktail au thé Oolong, sa pomme d'Adam remuant vigoureusement, et me regarda :

— Ecoute-moi bien : dans la vie, il y a les types qui prennent le sexe comme un jeu et les autres. Moi, j'appartiens aux premiers, et toi aux seconds. Tu piges la différence ?

— Non.

— Tu penses à ta compagne. Parce que t'as pas de couilles.

— …

— Tu ferais mieux de laisser tomber, c'est pas pour toi ces trucs-là.

Kishitani sourit à sa voisine, comme pour quêter son assentiment. La fille lui jeta à la tête le contenu de son verre et quitta les lieux sans un mot.

— Ne me dis pas que tu m'aimes, répétait Sae.

— Pourquoi dis-tu ça ?

— Ce serait un mensonge. C'est parce que tu as quelqu'un que tu sors avec moi. Si vous vous sépariez, tu me quitterais sûrement.

— Mais non…

— Mais si.

Elle avait raison.

— C'est comme ça. Même si tu la quittais pour moi, jamais je ne me mettrais avec toi.

Avec un regard débordant de colère, elle me renversa sur le lit qui emplissait tout l'espace de la chambre d'hôtel et me chevaucha.

L'amour se délitait, de la même façon que plus on tire sur un fil, plus le tissu se détricote aisément ; incapable de sectionner le fil, je ne pouvais qu'attendre passivement. Quel avenir Renko envisageait-elle ? Se marier résoudrait-il le problème ? Et si cela ne changeait rien ? Faire le premier pas m'effrayait. Le jour où, après son opération, à la cafétéria de l'hôpital, nous avions parlé d'avoir un enfant, elle avait dit qu'il n'y avait pas la place entre nous. C'était parce qu'elle avait deviné ma lâcheté, j'avais tourné l'idée en dérision et cela l'avait réduite à murmurer cette réponse. Au bout du compte, c'était moi qui lui avais mis ces mots dans la bouche. Si j'avais réussi à la regarder droit dans les yeux, ce jour-là. Ma bassesse était la cause de tout. Kishitani avait raison.

J'allai voir un film. Celui d'un réalisateur connu pour ses œuvres très intimistes, qui avait mis en scène le drame de la mort subite de la femme qu'il aimait – une actrice rencontrée sur un tournage –, le choc éprouvé et comment il s'était détourné du cinéma avant d'y revenir. De retour à la maison, j'en fis l'éloge à Renko qui acquiesça avec un soupir.

Quelques jours plus tard, lorsque je rentrai vers deux heures du matin, ivre comme d'habitude, Renko était encore debout, pour une fois. Elle était allée voir le film. J'avais déjà oublié que je le lui avais recommandé. Quand je lui demandai ce qu'elle en avait pensé, elle commença par dire qu'elle comprenait en quoi il m'avait touché, avant d'ajouter un « mais ». Mais c'est l'histoire d'un adultère, souligna-t-elle. Quand on pense à l'épouse du réalisateur, on ne peut pas totalement approuver.

En effet, c'était un homme marié. L'actrice était sa maîtresse. La remarque de Renko – une remarque de femme – était parfaitement juste.

Tout de même, pensai-je. N'était-ce pas ça, le véritable amour ? D'une insouciance totale, bravant la honte et la peur, égoïste, un amour où on se parle pour de vrai, on se dispute et on se réconcilie pour mieux ferrailler encore, mais où on s'aime et on se retrouve. C'était pas ça, l'amour ?

— Mais regarde-nous, quoi !

A peine eus-je prononcé ces mots que je le regrettai. Je regardai Renko. Son visage nu après le bain paraissait bizarrement lisse. Elle suspendit lentement son geste – elle était en train de s'enduire le visage de lotion –, se leva sans un mot et, prenant dans ses bras Son qui jouait à ses pieds avec la serviette de bain humide, gagna la chambre à coucher. Je sortis une bière du frigo et me remis à boire.

Quelques semaines plus tard, la sœur aînée de Renko, son mari et leur fille de cinq ans vinrent de Chiba nous rendre visite. Ils passaient à l'occasion du mariage d'un ami du mari. Employé dans une compagnie de gaz, c'était un homme d'allure très sage avec ses lunettes cerclées de métal. Sa sœur aussi, le regard clair, respirait l'honnêteté. Ensemble, ils donnaient l'image d'une famille tout ce qu'il y a de plus convenable.

Ce couple sérieux pénétra dans le salon, l'air de se demander comment vivaient des gens avec nos métiers – un scénariste et une réalisatrice de cinéma –, et sembla surpris, à la vue des meubles et des ustensiles de cuisine, de découvrir que nous vivions finalement comme tout le monde.

Renko et sa sœur préparèrent ensemble un sukiyaki de bœuf aux légumes. Sa fille qui lui ressemblait comme deux gouttes d'eau, visiblement peu habituée aux chats, pourchassait le nôtre, s'amusant à lui tirer la queue et les moustaches. Sans doute lui aussi confronté pour la première fois à un enfant, Son semblait hésiter sur l'attitude à adopter ; il se laissait faire, le regard fixe. Ce fut une soirée paisible.

Après le dîner, nous les raccompagnâmes jusqu'à leur voiture garée sur un parking voisin.

La sœur de Renko, depuis la place du passager, baissa la vitre :

— Rentre à la maison pour les fêtes de fin d'année, dit-elle. Vous aussi, Hayakawa, ajouta-t-elle à mon intention avec un sourire.

Je bredouillai une vague réponse en me frottant la tête, embarrassé, les yeux sur mes chaussures.

Quand nous regagnâmes la maison, Son était étendu par terre de tout son long, épuisé par la fillette qui ne l'avait pas lâché un instant. Renko rit en le voyant et le prit dans ses bras.

— Ma sœur est enceinte du deuxième.

Je ne sus que répondre. Depuis notre installation dans cette maison, je ne l'avais pas touchée une seule fois.

— Je vais faire un tour, annonçai-je en me dirigeant vers l'entrée.

— Tu sais, j'aimerais tellement pouvoir boire avec toi…

Je l'avais entendue murmurer, mais je fis comme si de rien n'était.

Les ruelles familières me troublaient, comme un chemin que j'aurais parcouru pour la première fois. Après être revenu maintes fois sur mes pas, je finis par pousser la porte de mon bar favori, tourmenté.

Avec Renko, mes pulsions bestiales avaient disparu.

Le lendemain de ma rencontre avec Miyata chez Mari, j'envoie à Renko un mail annonçant que je voudrais retourner m'occuper de Son. Je suis les instructions du journaliste, histoire de ne pas être impliqué davantage dans leur dispute. Si j'y mêlais mes propres sentiments, il y a fort à parier que cela provoquerait une fêlure supplémentaire dans leur couple. Je suis déjà une cause assez notable de discorde entre eux. Imaginer leur discussion une fois le mail reçu a quelque chose d'à la fois comique et effrayant.

La réponse de Renko arrive dans la journée. Une simple phrase, froide : « Si c'est ce que tu souhaites, très bien. » Je renvoie un message tout aussi concis annonçant ma venue dès le lendemain. J'écris également à Miyata pour le tenir au courant et il me répond : « C'est parfait ! »

A Tokyo au mois de mars, l'hiver s'accroche et il fait encore froid. Il y a déjà des gens qui essaient de faire venir le printemps en se promenant jambes nues tandis que d'autres, au contraire, transpirent, déterminés à rentabiliser leur nouveau manteau jusqu'au bout, sans oublier ceux qui n'ont pas la tête à ça, obnubilés par l'arrivée des pollens ou oublieux des saisons, pris dans le tourbillon de la fin de l'année fiscale ; chacun est vêtu différemment, c'est un défilé ininterrompu. De la même façon, ici et là dans les parcs et les sanctuaires, les temples et les jardinets, à commencer par les pruniers qu'on remarque partout, la végétation se presse de fleurir, étendant ses branches avec énergie.

Je me faufile entre la douceur des rayons du soleil revigoré et le froid mordant du matin qui vous tire les joues pour aller pousser la porte vitrée de l'immeuble de Higashi-matsubara. Je plonge la main dans la boîte aux lettres alignée parmi les autres. La clé n'y est pas. Ce n'est pas un jour férié, je vérifie la date avant de sortir de l'ascenseur ; j'appuie sur la sonnette de l'appartement 702. Derrière la porte qui s'ouvre, je découvre Renko. Elle m'informe, le teint gris, qu'elle a terminé son tournage il y a deux jours. Sa mauvaise mine ne tient pas seulement à la fatigue accumulée au cours de longues nuits de travail, comme je le comprends au premier coup d'œil sur Son couché dans son panier, dans le salon.

Il s'est terriblement affaibli, à se demander s'il est possible de changer autant en moins d'un mois. Où sont passés ses muscles souples ? Son corps cassé en deux, aussi fin qu'une feuille, paraît résister de toutes ses forces au moindre courant d'air qui risquerait de le faire s'envoler. Son pelage lustré, désormais desséché, fait penser à du sable. On dirait un animal empaillé.

Depuis deux semaines, il a perdu l'appétit et n'arrive plus à prendre ses médicaments ; il tient bon, sur les conseils du vétérinaire, grâce aux piqûres et aux perfusions sous-cutanées réalisées à la clinique un jour sur deux, m'explique Renko, assise à côté de moi qui reste bouche bée. Aujourd'hui aussi, elle s'apprêtait à l'y emmener. Miyata est déjà parti au travail.

Pendant qu'elle se prépare, je soulève le corps sans forces de Son pour le mettre dans son sac de transport. Le vieux chat n'oppose pas de résistance ; une fois installé, il ferme doucement les yeux.

La clinique vétérinaire est située à Shimokitazawa. Avant, m'apprend Renko, elle le transportait à bicyclette, mais depuis que son état s'est aggravé, elle y va à pied pour lui éviter toute commotion supplémentaire. Nous parcourons ensemble, épaule contre épaule, le lacis de ruelles. Je porte le sac, sur lequel je jette parfois un coup d'œil inquiet ; Son dort.

La clinique occupe le premier étage d'un vieil immeuble à la base de la fourche formée par la rue menant à la sortie sud de la gare et l'avenue Chazawa-dôri. Le vétérinaire, le docteur Fujimoto, un homme sans âge assisté de trois infirmières de trois générations différentes – une senior, une d'âge mûr et une jeune –, porte la longue barbe blanche d'un sage et des lunettes aux verres épais et embrumés.

Visiblement, il connaît bien Renko car il la salue avec familiarité en s'installant devant la table d'auscultation en inox avant de prendre entre ses deux mains, avec cette manière qu'ont les vétérinaires de traiter indifféremment humains et animaux, les joues du chat qu'elle a extrait du sac de transport. Il remue juste les doigts, comme quand on fait un shampooing. Son, la tête insensiblement relevée, se laisse faire, les yeux clos. Il paraît totalement rassuré. Pendant qu'il semble ainsi jouer avec lui, le vétérinaire l'ausculte, ses yeux jaugeant l'état du vieux chat, lui adresse la parole – dis-moi, tu as l'air en forme aujourd'hui, tu as fait de beaux rêves ? –, lui examine les yeux et la gueule qu'il ouvre avec des gestes doux et adroits, comme un magicien tordrait une cuillère, et hoche la tête. Il lui fait ensuite une piqûre, comme si de rien n'était, avant d'adresser un signe des yeux à l'infirmière d'âge mûr. Sur la petite table du fond, sa plus jeune collègue a préparé le matériel pour la perfusion sous-cutanée.

Une aiguille plantée entre le dos et la nuque, Son reste immobile tout le temps de la perfusion, les pattes avant bien alignées et la tête basse, comme résigné. La courbe de ses paupières closes peut laisser penser qu'il les serre fort pour supporter la douleur ; l'impossibilité de déchiffrer ses sentiments renforce mon impuissance.

Une fois la perfusion terminée, nous le réinstallons dans son panier avant de repartir par le même chemin. Il est plus de treize heures quand nous arrivons ; Renko fait cuire des raviolis japonais qu'elle avait congelés. Après ce déjeuner tardif, nous contemplons en silence le chat roulé en boule dans son panier.

Je demande si je peux revenir le lendemain, ce que Renko accepte volontiers.

— C'est assez dur, en fait. De le voir s'affaiblir. Surtout toute seule.

— Tu oublies Miyata.

Elle garde le silence un instant.

— Il s'occupe bien de Son, d'ailleurs il a vécu avec lui un certain temps. Mais on ne se comprend pas. Nos souvenirs sont différents… C'est rageant, mais il n'y a que toi.

Je ne quitte pas Son des yeux.

Vers dix-neuf heures, Miyata rentre. Dès qu'il m'aperçoit, il écarquille ses yeux aux paupières lourdes et me sourit :

— Salut, ça faisait un moment.

— Pardon de m'imposer. Mais je voulais vraiment voir Son.

— Je vous en prie, nous étions inquiets. Nous nous demandions pourquoi vous aviez soudain cessé de venir. N'est-ce pas, Renko ?

Ta voix est trop haut perchée, mon vieux, lui dis-je en mon for intérieur en jetant un coup d'œil à Renko. Elle caresse doucement le front de Son sans rien dire.

Je propose d'aller dîner dehors, pensant que ce sera mieux que de rester enfermés à trois, mais Renko refuse de quitter Son. Nous décidons donc, puisque l'hiver va bientôt finir, de partager un pot-au-feu comme l'autre fois. Pendant qu'ils découpent les ingrédients, je sors le réchaud d'un placard et mets la table.

Encore une fois, je suis le seul à boire une bière. Miyata, comme investi d'une mission importante, mène la conversation, volubile. Renko mange à petites bouchées le tofu cuit qu'elle a transvasé et coupé en morceaux dans son assiette.

— Ah bon, ce n'est pas la plus âgée des trois ? dis-je.

— Non, c'est celle qui est un cran plus jeune.

— Celle avec la coupe au carré ?

— Oui.

— C'est sa femme ?

— Il paraît, oui.

— Je n'aurais pas imaginé.

Je repense aux yeux gris du docteur Fujimoto derrière ses épais verres correcteurs.

— On aurait plutôt tendance à croire que la plus âgée est sa femme. C'est ce que je croyais, au début.

— Il a quel âge ?

— Aucune idée. Sans doute est-il plus jeune qu'il ne le paraît.

— Mais alors, cette infirmière, la doyenne ?

— D'après Renko, ce serait sa mère.

— La différence d'âge n'est pas suffisante, pour le coup.

— C'est ce que je lui ai dit. Elle manque un peu d'imagination, non ?

Miyata et moi prenons le contre-pied de Renko, que cela ne semble pas intéresser ; voyant mon verre vide, elle se lève pour aller ouvrir le réfrigérateur.

— Ça pourrait être la sœur aînée de quelqu'un du cabinet, par exemple, reprend Miyata comme pour se faire pardonner – il craint de l'avoir irritée.

Renko, sans répondre, me lance une canette de bière. Elle en sort une autre et demande à son mari :

— Tu en veux une ?

Toujours souriant mais un peu surpris, il répond :

— Moi ? Mais tu sais bien que je ne bois pas.

— Tu t'es mis à fréquenter un bar alors que tu ne bois pas ?

— Pardon ?

Renko me regarde.

— Où est-ce que tu l'as emmené ?

— Comment ?

— Tu arrêtes de venir, et voilà que Yoshi ne rentre plus aux mêmes heures que d'habitude ; je parie qu'il est allé te voir pour te demander de revenir, n'est-ce pas ?

C'est à mon tour d'afficher un sourire figé.

— Pour un scénariste, tu pourrais trouver mieux, quand même.

— Non… C'était mon idée.

Miyata, le cou rentré dans les épaules, a discrètement levé la main.

Renko pousse un gros soupir et sourit d'un air désabusé :

— Tu manques un peu d'imagination.

— Miyata, je vous avais bien dit qu'elle se douterait de quelque chose.

— Je… je dois le reconnaître.

— Je vais en profiter pour mettre les choses au clair…

Renko croise les bras et, adossée au réfrigérateur, nous regarde à tour de rôle, Miyata et moi.

— Si j'ai contacté Hayakawa à propos du chat, ce n'est pas pour les raisons bizarres que tu imagines, Yoshi ; il peut bien espérer tout ce qu'il veut, jamais je ne renouerai avec lui. Tout ce qui me préoccupe, tout ce qui m'importe, c'est le chat.

Elle semble faire de son mieux pour dissimuler un tremblement incoercible qui lui monte du creux de l'estomac.

— Son va mourir. Ça me coûte de le reconnaître, mais on dirait bien que c'est écrit. C'est une certitude. La seule chose en mon pouvoir, c'est de décider comment lui dire adieu, c'est tout. C'est pour cela que j'ai appelé Hayakawa.

Renko se tourne vers moi. Je regarde Miyata. Il a les yeux fixés sur elle.

— Je veux lui offrir la possibilité de s'occuper de Son. Parce que c'est ensemble que nous avons décidé de l'adopter. Parce que je pense que ça fait plaisir à Son. C'est peut-être très égoïste de ma part d'attribuer ce genre de sentiments à un animal dépourvu de la parole, et peut-être que ça vous dérange, mais c'est ce que je crois. J'avais envie qu'on s'occupe de lui tous les trois.

Le craquement de petites dents acérées mastiquant de la nourriture sèche nous parvient. Peut-être Son se sent-il mieux et a-t-il retrouvé l'appétit grâce à la perfusion, car il mange en sollicitant tous les muscles de sa tête. Un agréable bruit de mâchoires, qu'on n'avait pas entendu depuis longtemps.

— Je vois, dit Miyata.

Le liquide dans la marmite s'est évaporé, laissant des morceaux de légumes verts et des champignons *enoki* collés aux parois. Le mari de Renko baisse le feu et répète qu'il a compris. Sa femme, apparemment convaincue, reprend place à table.

Ils finissent le plat en y ajoutant du riz et de l'œuf. Pour ma part, l'alcool suffit amplement à mon apport en glucides. Après avoir aidé à débarrasser la table, je bois une autre bière en contemplant la fourrure de Son. Lorsque je m'en vais, un peu avant l'heure du dernier train, Miyata m'accompagne jusque dans l'entrée. Renko est en train de prendre son bain.

Ne sachant pas quoi lui dire, je m'apprête à partir sur un signe de tête quand il me tend lentement sa main droite. Je n'aime pas les grandes démonstrations embarrassantes mais, étrangement, ce geste me paraît adapté à la situation et je lui rends sa poignée de main. Il a les mains larges. Dans les rues animées, je garde encore la sensation de ses longs doigts autour des miens.

Occupée par le montage de la série qu'elle vient de tourner, Renko se rend désormais au studio chaque matin à heure fixe. Dans la journée, je suis seul à m'occuper de Son, et c'est aussi à moi de le conduire chez le vétérinaire un jour sur deux.

Miyata achète de quoi dîner pour deux sur le chemin du retour. Parfois, Renko nous a cuisiné quelque chose, le reste du temps, c'est lui qui fait les courses et s'occupe du repas.

Deux hommes à la même table pourraient très bien se contenter de plats préparés achetés au supermarché, mais il s'escrime à rapporter du poulet frais pour confectionner des boulettes frites ; j'en suis gêné.

— C'est chouette de cuisiner. Plus on y consacre d'efforts, meilleur c'est, vous savez.

— Moi, tout ce que je sais faire, c'est l'omelette roulée…

— Oh, moi aussi, autrefois, je ne savais même pas préparer une soupe miso.

Je rétorque que je ne sais toujours pas, ce qui fait rire Miyata en train de surveiller la température de l'huile dans sa casserole.

— Je vois. C'est à cause de la séparation ?

— Pardon ?

— Que vous ne cuisinez pas.

— Euh… il y a de ça, oui.

Il plonge doucement dans la friture les morceaux de poulet assaisonnés et enrobés de fécule de pomme de terre et de farine. Aussitôt, la viande disparaît en crépitant derrière un rideau de bulles.

— Avant, je travaillais pour les pages Société.

— La crème de la crème, non ?

Miyata secoue faiblement la tête.

— Quand on est jeune, on est corvéable à merci.

— Vous étiez affecté à la police ?

— Vous êtes bien renseigné.

— J'ai écrit le scénario d'un film mettant en scène un journaliste qui travaillait dans un hebdomadaire, ça m'a donné l'occasion de me documenter sur la question. Mais c'était il y a longtemps.

— On n'a pas une minute à soi : dans la journée, on fait le pied de grue au commissariat et le soir, on va prendre un verre avec les policiers pour essayer de glaner quelques informations. Parce qu'il nous faut des scoops.

— Je croyais que vous ne buviez pas d'alcool ?

Miyata se contente de rire.

— J'ai rencontré Misae à l'université. Ah, Misae, c'est…

— Votre ex-femme, je sais.

— C'est vrai, je vous l'ai déjà dit.

— Oui, nous en avons parlé.

— Elle savait que je voulais devenir journaliste et elle se réjouissait pour moi ; elle m'a épousé en sachant que je serais très occupé, mais…

— Les femmes…

— Exactement.

— N'est-ce pas.

— J'étais jeune, je débordais d'énergie et j'avais de l'ambition. Je ne voulais pas être à la traîne, je ne pensais qu'au boulot… Misae a été arrêtée pour vol à l'étalage.

Avec son écumoire, le journaliste chevronné fait rouler les morceaux de poulet dans la friture. Ils ne sont pas encore assez cuits, semble-t-il ; il en profite pour sortir un chou du réfrigérateur.

— C'était clairement lié au fait que je ne m'occupais pas d'elle. Je n'aurais pas dû la laisser seule, mais je ne pouvais pas non plus lever le pied tout de suite au travail, alors on a pris un peu d'avance sur le programme et on a fait un bébé. Je me disais qu'avec un enfant, elle serait un peu moins triste.

Le chou, lavé à l'eau froide et posé sur la planche à découper en bois, est découpé en lanières à grands coups de couteau.

— C'était une erreur. Misae avait deviné mon arrière-pensée, elle savait que j'avais confié sa solitude à un enfant. Bref, elle avait percé à jour ma lâcheté. Du coup, elle a négligé le bébé.

Je garde les yeux rivés sur les morceaux de poulet qui commencent à remonter à la surface de l'huile de friture.

— Vous avez divorcé ?

— L'élément déclencheur a été sa rencontre avec quelqu'un d'autre, mais la raison profonde, c'est que je lui avais tourné le dos. C'est clair et net.

La pâte à modeler qui emplit mon crâne est pétrie par une main invisible. Elle prend un instant les traits de Renko, avant de s'étirer pour former le visage de Mari, puis de s'écraser pour redevenir Renko, et ainsi de suite.

— C'est elle qui a eu la garde de l'enfant, j'imagine ?

— Oui. Après son remariage, elle a changé du tout au tout, paraît-il, une vraie mère poule. Et elle a eu un autre enfant.

Le repas est prêt et nous prenons place à table, entre hommes. Nous mangeons en silence, avec comme seul bruit de fond la respiration de Son endormi.

Les boulettes de poulet frites, bien imprégnées d'ail et de gingembre, sont un délice. Comme me l'apprend Miyata, il tient la recette de Renko, et c'est en effet une saveur que j'ai goûtée autrefois. Ces deux-là forment un vrai couple – c'est à ce moment-là que j'en prends vraiment conscience, je crois.

— Donc, je ne veux pas reproduire la même erreur, lance-t-il. Je veux affronter la vie à deux, sans me défiler.

— … Miyata ?

— Oui ?

Je montre du doigt la petite bête roulée en boule près du poêle à gaz.

— Et avec le chat aussi, bien sûr ! s'empresse-t-il d'ajouter.

Nos rires résonnent au-dessus de la table. Comme pour nous dire que nous sommes bruyants, Son enfouit sa tête entre ses pattes.

Miyata va s'agenouiller devant lui, approchant son visage. Son long corps maigre ainsi plié en deux évoque quelqu'un en train de prier. Son, qui a remarqué son ombre immense, lève la tête et lèche son nez en bec d'aigle. Il sort ensuite les crocs et Miyata tente de s'éloigner, mais trop tard ; un cri de douleur lui échappe.

— Il mord, n'est-ce pas ?

— Oui. Le matin, c'est toujours comme ça qu'il me réveille, répond-il en se frottant le nez.

Mais il semble heureux, à chatouiller le ventre du chat.

— Il mordille tellement Renko qu'elle a fini par mettre un masque pour dormir.

— C'est sûrement un jeu pour lui.

— Et après, il revient vous lécher, comme pour s'excuser. C'est mignon.

Miyata et Son partagent des moments qui m'échappent, cela va de soi.

— Son est votre premier chat ?

Il hoche la tête.

— J'ai toujours aimé les animaux, sans jamais avoir le courage d'en prendre un.

— Un chat, c'est facile. Il suffit de lui donner à manger, après, il vit sa vie.

— Non, ce n'est pas ce que je veux dire… C'est parce qu'ils meurent en premier.

Miyata redresse son dos arrondi et, toujours assis sur ses talons, se tourne vers moi pour me regarder droit dans les yeux.

— Hayakawa…

— Oui ?

— Je souhaite de tout cœur que Renko puisse assister à ses derniers instants.

— Oui.

— L'état de Son est instable et Renko est souvent absente pour son travail. Le destin en décidera sans doute, mais je veux leur donner, dans la mesure du possible, du temps ensemble.

— Je partage votre point de vue.

— Vous voulez bien m'aider ?

— Bien sûr.

Le claquement du verrou qu'on ouvre retentit dans l'entrée. Renko pénètre dans le salon, nimbée d'un nuage d'air froid.

— Bonsoir.

Nos voix superposées, à Miyata et à moi, lui rendent son salut.

— Tu as fait des boulettes de poulet frites ?

— Oui. Tu en veux ?

— J'ai grignoté trop de sucreries au studio. Mais j'en mangerais bien une ou deux.

Alors qu'elle accroche son manteau et son sac au portemanteau installé près du mur, elle suspend soudain son geste et nous regarde, Miyata et moi, d'un air soupçonneux.

— Quoi ? Qu'est-ce qu'il y a ? lui dis-je.

— Vous êtes souriants tous les deux. C'est un peu bizarre.

Ah bon, faisons-nous en échangeant un regard. Et un rire, aussi. Miyata gagne la cuisine pour préparer le dîner de sa femme. Renko s'approche de Son et lui dit bonsoir.

Ensuite, nous nous installons tous les trois à table. Son repas fini, Renko s'attelle à la vaisselle. Je m'apprête à rentrer quand Miyata me tend une bière. Il s'est préparé un café.

L'atmosphère est calme, silencieuse. Comme nous avons épuisé tous les sujets de conversation, Miyata s'en remet à la télévision. Il ne regarde plus du tout les chaînes privées, murmure-t-il en zappant pour basculer vers le câble. Soudain, il pousse un petit cri de surprise. Je regarde l'écran : ce sont les images d'un film.

— Celui-là, c'est mon préféré parmi tous ceux de Renko.

La vaisselle terminée, celle-ci vient s'asseoir dans le canapé. Quand elle voit le film à l'écran, elle lance :

— Change de chaîne, s'il te plaît !

— Pourquoi ? Ça a été un grand succès. Il a même été primé dans un festival.

Sans faire cas de ses protestations, Miyata pose la télécommande sur le canapé. Il ne semble pas savoir que ce long-métrage a précipité notre séparation, à Renko et moi.

— C'est vous qui avez écrit le scénario, je crois ?

— Oui. D'après une œuvre originale.

— Un roman ?

— Oui.

On est à peu près à la moitié du film, au moment où le jeune de seize ans tombé dans la pauvreté reproche à sa mère, qui fait semblant d'être absente pour ne pas lui ouvrir, de l'avoir mis au monde.

Me sentant observé, je me retourne : Renko me fixe. Quand nos regards se croisent, elle soulève un sourcil et pince les lèvres. Comme si elle riait. Puis elle tourne les yeux vers l'écran. A en juger par son profil, les souvenirs déferlent et s'éparpillent, impossibles à saisir comme à juguler, ne lui laissant d'autre choix que d'attendre qu'ils passent, ce qu'elle fait bravement.

Une femme souffrant de problèmes de fertilité, pressée par sa belle-mère de porter l'enfant de son mari pour qui elle n'éprouve plus rien, rencontre par un drôle de hasard un lycéen avec qui elle vit une passion torride. Mais quand leur liaison est révélée, le garçon refuse de retourner en cours. Ses amis qui tentent de l'aider le blessent involontairement. Sa mère, une sage-femme qui considère que le mieux est de ne pas intervenir, le laisse se débrouiller seul. Les sentiments de chacun, entre sexe et désir, jalousie et envie, se font et se défont jusqu'à la naissance d'une nouvelle vie.

C'était le premier roman d'un journaliste spécialisé dans les sujets liés au sexe, en particulier la grossesse et l'accouchement. Les dialogues nourris de l'expérience accumulée au cours de ses reportages et un style dépouillé mais doux brossaient à petites touches, avec un charme tendre, les échecs et la rédemption d'une mère et de son enfant – les personnages au cœur du récit – à travers les différents points de vue s'articulant autour d'eux. Descendu de mon bureau pour reprendre du café, j'avais ouvert le livre qui traînait sur la table basse du salon pour m'occuper en attendant que l'eau bouille et je l'avais dévoré.

Quand elle me vit en train de lire sur le canapé, Renko, de retour des courses, poussa un petit cri. Comme si j'avais découvert l'un de ses secrets.

— Tu l'as lu ?

— Euh, oui.

Comme elle me demandait ce que j'en pensais, je répondis que je trouvais ça plutôt bien. Son miaulait à ses pieds, réclamant à manger alors qu'elle n'avait pas encore posé ses sacs de provisions.

J'étais persuadé que le livre lui avait été envoyé pour le travail, mais elle me dit que non :

— On en parle beaucoup, je l'ai acheté pour voir.

— En cadrant bien les personnages, ça devrait tenir sans peine dans le format d'un film.

— N'est-ce pas ? Et puis il n'y a pas beaucoup de décors, ça limitera les lieux de tournage ; un petit budget devrait suffire.

— La ville est au cœur du roman, alors ça dépend du lieu choisi.

— Mais le plus gros problème, c'est l'actrice principale.

— C'est sûr. Si elle n'accepte pas de tourner nue, ça n'a aucun sens.

Avec les livres, nous avions pour mauvaise habitude de réfléchir plus à la possibilité ou non d'en faire un film qu'au contenu lui-même..

— Ça se vend bien, ce bouquin ?

— On dirait, oui. A la librairie, il y en avait des piles près de l'entrée.

— Dans ce cas, les droits ont peut-être déjà été achetés.

— C'est possible. Ça se pourrait bien, n'est-ce pas, Son ? répéta Renko en s'adressant au chat.

Elle versa des croquettes dans son écuelle.

— Je suis sûr que quelqu'un a déjà préempté les droits.

J'avais insisté, comme pour clore la discussion, et je lui lançai un coup d'œil discret ; avait-elle deviné le fond de ma pensée ? Elle semblait ne rien avoir remarqué, affairée à préparer le plat de tofu épicé que je lui avais réclamé pour le dîner.

Les luttes muettes et les incompréhensions – à première vue innocentes mais susceptibles de s'avérer fatales au moindre faux pas – étaient notre lot quotidien. Le sang ne coulait pas mais jusqu'à ce que l'un de nous deux soit au bord de l'effondrement, nos poings levés inconsciemment cueillaient l'autre d'un uppercut puissant au menton – nous risquions le crash mutuel à tout instant. Vu les circonstances, adapter à l'écran un roman de ce genre, c'était verser de l'huile sur le feu.

Un mois plus tard, nous nous retrouvions au sanctuaire Kanda-Myôjin. Depuis que sa sœur aînée s'y était mariée, Renko s'y rendait une fois par an et je l'accompagnais dans ce pèlerinage annuel.

Ce jour-là, elle avait décidé d'y aller en kimono, cette pensée l'occupait depuis le matin. Dans les premiers jours de l'année, après avoir soudain décrété qu'elle voulait apprendre à porter le kimono – quelle mouche l'avait donc piquée ? –, elle avait téléphoné dès le lendemain à une personne dénichée dans le quartier qui donnait des leçons chez elle. Je croyais qu'elle abandonnerait sans tarder, elle qui se lassait vite, mais elle n'avait pas manqué un seul de ses cours hebdomadaires jusqu'à la fin de sa formation, la semaine précédente ; elle entendait profiter de cette occasion pour mettre en pratique ses connaissances, semblait-il.

Devant le miroir adossé au mur du salon, murmurant les étapes apprises comme si elle récitait une prière, elle se trompait parfois, un nœud se desserrait alors qu'elle pensait avoir rattrapé son erreur, ou elle enlevait tout pour recommencer à zéro parce qu'un pli dans le dos lui déplaisait. En passant ses nerfs sur moi qui, prêt en cinq minutes, jouais avec Son, deux heures plus tard, elle avait enfin terminé.

Le col et le revers ne lui convenaient pas encore, mais elle n'avait pas pris des cours pour l'esbroufe : dans son kimono aux couleurs douces sur un fond blanc, elle avait fière allure. Elle enfila ses sandales, l'air mécontent de ne s'attirer aucun compliment alors qu'elle avait fait des efforts vestimentaires. Simplement gêné de lui dire qu'elle était belle, je me bornai à la presser.

Nous prîmes le train jusqu'à Ochanomizu, d'où nous continuâmes à pied. A cause de la fine couche de nuages qui recouvrait le ciel, le soleil ne projetait guère d'ombres, mais l'air était pur. Quelques passants se retournèrent sur Renko. Elle était nerveuse, elle se demandait si on la regardait parce qu'elle était mal habillée. Ils t'admirent parce que tu es belle, chuchotai-je en moi-même.

Dans l'enceinte du temple, la foule était éparse. On nous donna des formulaires à l'accueil. Dans la case où indiquer l'objet de notre prière, j'inscrivis « fortune en affaires ». Je jetai un coup d'œil vers Renko : elle avait écrit « bonne santé ». En échange de nos formulaires remplis, une jeune fille en costume de prêtresse nous tendit des vestes de cérémonie.

Après avoir endossé la mienne, une sorte de gilet blanc en tissu tout fin, je passais en revue les souvenirs en vente dans la salle voisine lorsque je m'aperçus que Renko se sentait mal. Elle était toute pâle.

— Qu'est-ce que tu as ?

— J'ai l'estomac compressé… On dirait que j'ai trop serré la ceinture.

— Si tu allais aux toilettes ?

— Mais je vais être longue à me rhabiller.

Le temps d'échanger ces quelques mots, la prêtresse vint nous appeler. Nous nous dépêchâmes d'ôter nos souliers pour pénétrer dans le sanctuaire.

Outre nous deux, il n'y avait qu'un petit groupe, a priori des collègues de bureau, et un couple d'âge mûr. Le prêtre arriva sans tarder et le rituel commença.

Tous les participants faisaient face à l'autel, agenouillés sur les tatamis, une posture qui faisait remonter la ceinture du kimono ; Renko, qui n'en pouvait plus, serrait les dents. Pendant que le prêtre récitait les prières avec solennité, à côté de moi, je l'entendais lutter contre des haut-le-cœur à répétition.

— Ça va, Ren ?

— Ne me parle pas.

De mon côté, je faisais de mon mieux pour ne pas rire.

Lorsque nous nous relevâmes, le rituel terminé, la ceinture qui la faisait souffrir semblait s'être desserrée juste ce qu'il fallait et Renko reprit des couleurs, les yeux levés vers le ciel à la sortie du sanctuaire.

— On a frôlé la catastrophe.

— Je ne sais pas ce que j'aurais fait si tu avais vomi là-bas.

— Tu crois qu'il y a des listes noires, dans les sanctuaires ? répliqua-t-elle en riant.

Nous avons quitté les lieux avec un nouveau talisman, échangé contre celui de l'année précédente. Dans un restaurant de nouilles de sarrasin proche, nous avons bu du saké accompagné de hareng séché confit. Renko a commandé un plat de soba avec des tempuras, mais elle n'était pas encore en état d'avaler tout cela, semblait-il, et je les ai mangés à sa place. Cela ne l'a pas empêchée de se déclarer d'attaque pour des sucreries ; nous avons donc fait un tour à la pâtisserie Omiya. Elle aimait la décoration intérieure rétro et nous étions déjà venus au cours d'une autre visite au sanctuaire.

Tout en la regardant manger délicatement un gâteau surmonté d'une énorme fraise, attentive à ne pas se salir, je buvais un café pour me dégriser lorsque le portable glissé dans la pochette accordée à son kimono se mit à vibrer. Elle sortit, son téléphone à la main.

Elle parla un moment sur le trottoir, je la voyais à travers la porte vitrée rutilante de propreté.

— Tout va bien ? lui demandai-je quand elle revint.

Elle acquiesça et prononça le nom d'une société de production de taille moyenne, forte d'un solide passé. C'était un producteur de chez eux qui lui avait téléphoné.

— A propos du roman. Tu sais, celui que tu lisais l'autre jour.

— Oui, le bouquin que tu as acheté.

— Il m'a proposé de l'adapter.

— Vraiment ?

Ce n'était pas elle qui les avait sollicités. De leur côté, ils ignoraient son intérêt pour le roman.

— Ils me proposent une rencontre la semaine prochaine pour en parler. Qu'en penses-tu ?

— Le bouquin t'a plu, n'est-ce pas ?

— C'est peut-être la première fois que je lis une histoire qui me donne vraiment envie de l'adapter.

— Et on vient te le proposer. Ça n'arrive pas si souvent. Tu ne peux pas refuser.

— Mais… murmura Renko avec un petit soupir. Toi, tu n'as pas envie de travailler sur ce genre de sujet ?

Je la regardai, stupéfait. Elle savait. L'instant était crucial.

Un serveur vint nous avertir que la pâtisserie fermerait bientôt. Je balayai la pièce du regard : nous étions les derniers clients attablés. Face à moi qui, incapable de trouver les mots, restais silencieux, Renko finissait de déguster son gâteau à petites bouchées.

De retour à la maison, je m'enfermai dans mon bureau pour relire le roman. Puis j'attendis que Renko ait fini de prendre son bain pour lui dire :

— Je m'en charge.

Elle aurait très bien pu écrire elle-même le scénario. Ou le confier à quelqu'un d'autre.

— Tu veux bien ? demandai-je.

— Merci, répondit-elle avec un sourire.

Puisque de toute façon, nous étions condamnés, autant en finir en laissant une trace tangible.

La semaine suivante, comme prévu, nous avons rencontré le producteur, Kamata Hitoshi, dans une salle de réunion de la société de production à Ginza. Renko l'avait informé par avance de ma présence. Il semblait apprécier mon travail et ne paraissait pas opposé à ce que je participe.

Kamata, la petite quarantaine, avait une chevelure noire fournie qui le rajeunissait ; sa femme venait tout juste, au bout de cinq ans de mariage, de tomber enceinte.

— C'est pour cela que le thème de ce roman me parle particulièrement, n'est-ce pas, et quand j'ai eu envie de le porter à l'écran, je me suis dit que je devais absolument le confier à une réalisatrice, alors j'ai réfléchi, à qui ? Et c'est votre nom qui s'est imposé à mon esprit, madame Mikita.

Le livre était un roman choral qui combinait les points de vue de plusieurs habitants de la même ville. L'intrigue était trop riche pour être résumée en deux heures, mais comme les sujets abordés – le sexe, la grossesse, l'accouchement, une nouvelle vie – étaient disséminés dans chaque chapitre, on pouvait difficilement couper ici et là. Il n'aurait pas été impossible de se cantonner à un seul de ces thèmes, mais cela aurait nui à son intérêt.

Nous décidâmes très vite de travailler sur un format de cent quarante minutes. Les films longs n'ont pas la faveur du public, mais perdre de vue le thème principal aurait été une plus grande erreur.

— Et si on commençait par plancher sur un bon scénario sans se soucier de la longueur ?

Je pensais que le producteur rechignerait mais il accepta ma proposition. Je commençai donc à écrire.

Je m'attaquai tout d'abord à la structure du récit et aux personnages. Même sans avoir à me préoccuper de la longueur, il me fallait mettre la trame en ordre, en fusionnant par exemple deux personnages similaires ou en éliminant des détails sur leur passé pour éviter d'être trop explicatif. C'étaient mes points forts, auxquels j'appliquais des techniques affinées par des années d'expérience.

L'intrigue résumée en une dizaine de pages donna lieu à une réunion, puis, en m'appuyant sur les avis recueillis à cette occasion, je préparai un séquencier présentant l'articulation des scènes. Une fois le détail des séquences prêt, tout le monde se réunit une nouvelle fois pour s'assurer qu'on allait dans la bonne direction, et l'écriture à proprement parler débuta. Tous les jours, de midi jusqu'au soir, je m'enfermais dans mon bureau. Renko, sans me mettre la pression, disputait Son qui se débrouillait parfois pour ouvrir ma porte et venir me distraire dans mon travail.

Le premier jet fut prêt en un mois environ. Je l'envoyai par mail à Renko qui le lut aussitôt dans son bureau, me sembla-t-il, mais alors que d'habitude elle me renvoyait des commentaires concrets, cette fois elle se borna à un mot de remerciement.

Kamata sembla apprécier cette première version. Lors de la réunion qui se tint quelques jours plus tard, il se réjouit que le film commence à prendre forme, on allait pouvoir passer au casting. A côté du producteur surexcité, la réalisatrice, elle, faisait grise mine.

— Ça te convient, cette première mouture ? lui demandai-je dans le métro sur le chemin du retour.

Elle se contenta d'acquiescer d'un hochement de tête.

Le travail continua, avec une deuxième, puis une troisième version, où j'allégeai les dialogues de la première mouture – parfois trop appuyés de peur d'être mal compris – et supprimai les scènes redondantes. Lors de chacune des réunions qui accompagnaient ce travail, Renko se montrait évasive.

— Dis-le-moi clairement s'il y a un problème !

J'avais eu beau la presser sous l'effet de l'ivresse, elle était restée muette. Avec le recul, je comprends qu'elle aussi était perdue, comme elle ne l'avait jamais été. C'était sans doute sa façon de faire son deuil.

Un après-midi où, dans mon bureau, peinant à retravailler le scénario, je contemplais le ciel sans rien faire, j'entendis frapper à ma porte. Renko entra, la dernière version du script à la main. Elle me demanda si elle pouvait me déranger un instant, tout en prenant place sur le canapé. Je m'assis sur une chaise face à elle.

Elle posa le scénario sur la petite table où traînaient une bouteille de whisky, des magazines et des livres de poche jamais rangés, et dit :

— Je ne peux pas tourner avec ce scénario.

Elle me regardait droit dans les yeux.

— Pourquoi ?

— Parce que tu fuis Satoko.

Satoko, c'était l'héroïne du film. Celle qui essayait en vain de tomber enceinte de son mari qui finissait par se détourner d'elle ; ils ne faisaient plus l'amour et elle se réfugiait dans une relation charnelle passionnée avec un lycéen.

— Je ne la fuis pas. Tu vois bien que je respecte le personnage du roman, je reprends même ses répliques telles quelles.

— C'est justement ça que j'appelle une fuite. Ces deux-là, c'est nous, n'est-ce pas ?

Nous y voilà, pensai-je. A la réflexion, il me semblait que j'avais attendu ce moment.

— Tu n'as plus envie de me toucher, hein ?

Elle était pourtant si belle.

— Tu as peur, hein ?

— Pardon.

— Tu dois l'écrire.

Elle souriait, semblait-il. J'étais incapable de relever la tête.

— Je savais bien qu'on ne pouvait pas continuer comme ça, je t'assure. Je me disais qu'il fallait qu'on passe à l'étape suivante.

— L'étape suivante ?

Le mariage, c'était juste un contrat, cela n'aurait pas suffi.

— Faire un enfant.

— Si nous faisions l'amour et que je tombais enceinte, j'aurais envie de donner naissance à cet enfant et de l'élever. Je l'aimerais. Mais ça ne risque pas de nous arriver. Un enfant né de deux personnes qui ne s'aiment plus, qui auraient eu des rapports juste pour le faire ? Je ne pourrais pas.

— Ça, c'est la théorie. Il y a plein de gens qui n'ont plus de désir l'un pour l'autre et qui font un bébé, qui fondent une famille, c'est peut-être même la majorité des couples.

— Ne t'en sers pas comme d'un prétexte, lança froidement Renko. Le problème dont je te parle ne sera pas résolu par un enfant, ça ne fera rien avancer.

— Mais…

— Je suis triste depuis si longtemps.

Ces mots me frappèrent comme un coup de poing. J'aurais d'ailleurs préféré cela. Il suffisait donc d'une simple phrase pour renverser votre monde.

Je ne savais pas quoi dire. Renko se taisait, elle aussi. L'issue était inéluctable, nous le savions. Les mots mouraient les uns après les autres avant d'atteindre nos lèvres.

— Je m'occupe de prévenir le propriétaire, annonça-t-elle d'une voix mécanique.

Je hochai mollement la tête.

Son entra en miaulant. Il sauta sur le rebord de la fenêtre ouverte pour surveiller son domaine, comme toujours.

Nous avions oublié le chat.

— Je peux le garder ?

— Bien sûr.

Moi qui sortais boire sans m'occuper de rien, je n'avais aucun droit sur lui. Surtout, il lui était très attaché. Je ne pouvais pas les séparer.

— En dernier, au moins, j'aimerais que tu sois honnête, dit Renko en quittant le canapé.

— Pour moi…

Des mots m'étaient venus – avant même de pouvoir imaginer comment elle les prendrait, mes lèvres les avaient prononcés. Elle se retourna. J'hésitai, mais je n'avais pas le choix, je devais parler.

— Pour moi, tu n'es plus qu'une réalisatrice de cinéma.

Renko poussa un petit soupir. Elle chercha à sourire, sans succès ; son visage avait pris un pli terriblement amer.

— Qu'y puis-je... murmura-t-elle, tête basse, puis elle se tut, incapable de rien ajouter.

Comme pour se faire entendre raison, elle hocha la tête plusieurs fois avant de quitter mon bureau.

Mes souvenirs de la suite des événements sont flous. Simplement, comme si un mince, un minuscule barrage avait cédé, en un clin d'œil jaillit une explosion de sentiments venus de toutes parts – des émotions jusqu'alors désespérément réprimées – que je contemplai, impuissant. Quand je repris mes esprits, l'obscurité avait envahi la pièce. Je voulais éviter tout contact avec le monde extérieur, mais je ne pouvais pas non plus rester confiné dans mon bureau.

Je gagnai le rez-de-chaussée où, comme d'habitude, Renko s'affairait dans la cuisine. Elle se retourna pour me demander si du steak haché, ça m'irait pour le dîner. Retrouver le même spectacle quotidien que le matin même avait quelque chose d'effrayant.

— J'aimerais te demander quelque chose, fit-elle tout en malaxant la viande hachée.

— Oui ?

— Tu veux bien rester à la maison, ce soir ? Aujourd'hui, je ne me sens pas le courage d'être seule.

— D'accord.

— Merci.

Penser à la tempête qui soufflait à coup sûr dans son cœur me désespérait. La même tempête régnait en moi.

Les trois jours suivants, je m'enfermai dans mon bureau pour travailler. Au bout du compte, je modifiai le scénario en profondeur mais, à ma surprise, sans états d'âme. Il me suffisait de coucher sur le papier ce que j'avais à dire à Renko. Je lui devais tout.

J'envoyai la nouvelle version par mail et, dans la journée, je reçus un coup de fil de Kamata.

— Qu'est-ce qui vous est arrivé, Hayakawa ?

— Désolé, j'ai apporté pas mal de changements.

— Mais il est excellent, ce scénario !

Sa voix partait dans les aigus, comme un enfant en pleine mue.

— Bien sûr, le précédent était très bon, mais comment dire, on est plusieurs crans au-dessus, là.

— Ça vous convient, alors ?

— Ça marche ! Ça marche à fond ! Je n'en reviens pas. Mais que s'est-il passé ?

— Rien de spécial, répondis-je pour éluder la question.

Rien ne m'obligeait à dire la vérité. Je raccrochai.

— C'est très bon, vraiment, me lança Renko en guise de salutation lorsque je rentrai tard dans la nuit.

Comme à chaque fois que je finissais un scénario, j'étais allé fêter ça en me soûlant. Elle était en pyjama. Sur la table du salon s'étalaient les pages du nouveau scénario.

Je me contentai d'acquiescer d'un hochement de tête. Entre nous, c'était désormais suffisant.

— Sinon, j'ai téléphoné au propriétaire.

Le tournage du nouveau film devait démarrer trois mois plus tard. Nous avions décidé de quitter la maison d'ici là. Les préparatifs du tournage et du déménagement. Il y avait tant à faire que je n'avais pas le temps de penser, ce qui n'était pas plus mal, psychologiquement parlant.

— Pourquoi vous vous séparez ?

Soejima, qui avait appris la nouvelle, s'était précipité vers moi.

— Ça arrive à tous les couples, ce genre de passage à vide. Mais tout le monde fait comme si de rien n'était. S'ennuyer, c'est ça, l'amour. Il est encore temps, dites-lui que vous voulez vous remettre ensemble.

Tout en me faisant la leçon, il semblait avoir capitulé. Il savait très bien que ni Renko ni moi n'étions du genre à changer d'avis une fois notre décision prise.

L'équipe de tournage avait été constituée et, tandis que le casting se poursuivait, Renko, Kamata et moi nous rendîmes dans une maison de naissance de la préfecture de Kanagawa. Il s'agissait de se renseigner sur la vie et le travail des sages-femmes, puisque c'était le métier de la mère du héros, l'un des piliers du récit.

L'établissement était situé à la lisière de la ville, dans un quartier résidentiel très vert, le long d'une route forestière. La directrice, Yabu Aiko, était une femme à la peau sèche, sans une once de maquillage, et aux cheveux grisonnants coupés court pour ne pas la gêner dans son travail. Elle avait publié des livres sur ses vingt ans d'expérience en tant que sage-femme.

Pour donner autant que possible l'impression d'accoucher à domicile, la maison de naissance était installée dans une maison individuelle dont l'agencement avait été respecté.

— Les enfants choisissent où naître. Ils viennent se nicher dans le ventre d'une femme parce que c'est elle qu'ils veulent pour mère.

La directrice, entre deux conversations enjouées avec des femmes enceintes venues pour une visite de routine, était résolument optimiste, ce qui me troubla quelque peu.

— Vous croyez que notre bébé à naître, lui aussi, nous a choisis pour parents ? demanda Kamata au volant de la voiture sur le chemin du retour.

Je me taisais mais, depuis la banquette arrière, Renko lança soudain :

— Il y a des couples qui n'arrivent pas à avoir d'enfant et il y a des naissances non désirées. Ce monde-là aussi existe, c'est une certitude. Sinon, nous n'aurions pas d'histoires à raconter.

C'était au tour de Kamata de n'être pas sûr de comprendre. Je jetai un coup d'œil vers l'arrière dans le rétroviseur. Renko m'observait. Lorsque nos regards se croisèrent, je souris faiblement et détournai les yeux sans rien dire.

Quelques jours plus tard, un soir, je fis venir Sae à Shinjuku. Nous nous voyions de loin en loin, mais depuis ma séparation d'avec Renko, j'avais cessé de l'appeler.

Quand je lui annonçai que nos chemins se séparaient, à Renko et moi, elle murmura « ah bon », sans manifester le moindre intérêt.

— Ce n'est pas à cause de moi, au moins ?

— Pas du tout.

— Ah bon, répéta-t-elle.

A dix-neuf heures, l'air dans le bar était encore pur, la salle déserte.

— Alors, tu vas déménager ?

— Oui.

— Où ?

— Je suis en train de chercher.

— Je connais un agent immobilier à Shibuya. Tu veux que je te le présente ?

— Je ne pourrai plus te voir.

Sae se mit à rire à gorge déployée. Le patron nous jeta un coup d'œil agacé.

— Hayakawa, laisse-moi te dire quelque chose.

Elle écrasa sa cigarette dans le cendrier et se tourna vers moi.

— Du jour de notre rencontre jusqu'à aujourd'hui, je ne t'ai pas contacté une seule fois.

Ses yeux brillaient, provocants.

— C'est toi qui as toujours voulu me voir.

Elle quitta le bar sans terminer son verre de whisky. Je ne l'ai jamais revue. Quatre ans plus tard, j'ai appris d'un inconnu qu'elle avait épousé un homme qui travaillait dans une grosse agence de publicité, avec qui elle avait fondé une famille ; elle vivait dans un appartement de la banlieue de Tokyo.

Nous devions déménager tous les deux avant le début du tournage. Grâce à l'aide d'amis, nous avons réussi à trouver chacun un logement, à Yotsuya-sanchôme pour moi et à Sakura-jôsui pour Renko. Comme nous n'avions ni les moyens ni le temps de choisir, nous avons fait appel une nouvelle fois aux déménageurs d'Akabane. Des hommes à la carrure et la musculature sculptées par l'effort au travail et non dans une salle de sport, ont débarqué chez nous. Son, que nous avions pris soin d'enfermer dans sa cage de transport pour qu'il ne soit pas dans nos jambes, nous regardait nous agiter derrière les petits barreaux.

Parmi les déménageurs, nous en connaissions un. C'est Renko qui s'en est aperçue en premier :

— Lui, là. Tu vois ?

— Quoi ?

— Il était là quand on a emménagé.

Je me le suis aussitôt rappelé.

— C'est celui dont on voyait les tétons à travers son tee-shirt trempé de sueur.

— Exactement, a-t-elle dit en laissant échapper un rire. Tu penses qu'il se souvient de nous ?

— Bonne question. Mais puisque nous, on se souvient de lui, l'inverse est sans doute vrai.

— Tu crois qu'il se dit qu'on est restés ensemble à peine trois ans ?

— Tu n'as qu'à lui poser la question.

Elle a ri encore une fois en me traitant d'andouille.

— Des couples comme nous, il y en a partout. On n'a rien d'exceptionnel.

Son regard s'est fait lointain, un instant.

— C'est vrai. C'est une histoire banale.

— Oui.

Une histoire banale. Je voulais m'en persuader, pour mon propre salut.

La maison a été vidée en un rien de temps, nous laissant seuls avec le chat. Le camion des déménageurs attendait dehors ; ils déposeraient mes affaires en premier, dans mon nouvel appartement.

Renko et moi, nous avons échangé un au revoir et un hochement de tête. Le film allait nous occuper encore un temps, ce n'était pas comme si nous ne nous reverrions plus jamais ; c'était bizarre.

— Salut, Son !

J'ai glissé un doigt entre les barreaux du panier que portait Renko, comme pour échanger une poignée de main avec le chat. Après m'avoir donné quelques petits coups de sa patte avant droite, il m'a mordu de tous ses crocs. La douleur m'a fait monter les larmes aux yeux.

Son est mort un mois après que j'ai recommencé à participer aux soins. C'était à l'aube, un jour d'avril. Nous étions tous les trois à son chevet.

Les perfusions avaient un effet certain ; souvent, son état s'améliorait de façon spectaculaire. Mais la rechute était d'autant plus dure : il se mettait subitement à vomir sans cesse. Comme il se déshydratait, il fallait le perfuser plusieurs fois par jour. Sous la direction de Fujimoto, le vétérinaire, Renko avait appris à le faire. Quand Miyata ou moi voulions essayer, le chat se débattait et grognait, ce qui nous paralysait, et nous arrivions encore moins à planter l'aiguille.

— Vous avez peur et il le sent, à mon avis, disait-elle.

Devant Son qui s'abandonnait totalement sur ses genoux, se laissant faire en silence, je ne pouvais m'empêcher de constater que des sentiments particuliers les reliaient.

Le week-end, l'aide de Miyata était suffisante, mais durant cette période, je me rendais tous les jours à Higashi-matsubara, dimanches et jours fériés compris. Loin de s'en formaliser, il m'accueillait au contraire chaleureusement. Nous partagions désormais un but commun : tout faire pour que Renko soit là quand Son partirait.

Ce jour-là – un samedi –, j'entre avec ma clé et quand je pénètre dans le salon, le mari de Renko est en train de lire, installé dans le canapé.

— Comment va Son ?

— Pas mal. Ce matin, Renko lui a fait une perfusion avant de partir, il a l'air de se sentir bien pour l'instant.

Je me tourne vers le panier à chat : Son dort, le ventre offert à la chaleur du poêle à gaz.

Miyata se lève pour me préparer un café. C'est alors que la couverture du livre qu'il a négligemment posé sur le canapé me saute aux yeux. C'est *Scénario*, de Syd Field.

— Vous m'avez parlé de l'écriture de scénarios, un jour. J'ai eu envie d'en savoir plus, alors j'ai acheté ce livre, explique-t-il en se grattant le nez comme pour s'excuser. En fait, Renko l'avait déjà, du coup elle m'a enguirlandé en me demandant pourquoi je ne lui en avais pas parlé.

— Oui, c'est un peu notre vade-mecum à tous.

— Mais c'est intéressant à lire même pour quelqu'un comme moi qui n'y connaît rien. La cohérence des personnages par rapport au déroulement de l'intrigue, le fait qu'une transformation profonde doit s'opérer dans le personnage central, par exemple, toutes ces explications sont très éclairantes.

— C'est vrai qu'après cette lecture, on regarde peut-être les films d'un œil plus averti, on comprend mieux de quoi ça parle.

— J'ai parfaitement compris la signification de la structure en trois actes que vous m'aviez expliquée. En lisant, je me suis demandé à quel moment de quel acte je me situais moi-même.

— C'est difficile d'appréhender la structure avant de connaître la fin.

Un frisson me parcourt devant le corps étendu de Son. Le petit animal s'apprête précisément à affronter le troisième acte de sa vie. Miyata me tend mon café sans un mot. Lui aussi a saisi le poids de ces mots dénués d'arrière-pensée et, silencieux, il se concentre sur l'arôme qui émane de sa tasse.

Au fil des jours, les rares fois où Son se levait, son corps avait de plus en plus de mal à suivre, l'arrière-train privé de forces. Ses pupilles perdaient leur couleur, n'accommodaient plus. On ne savait pas s'il voyait encore. Cela me crevait le cœur de le voir ainsi, et je devais me surveiller pour empêcher les larmes de me monter aux yeux, c'était insupportable.

Dès qu'il n'a plus réussi à se lever seul, nous sommes restés à son chevet vingt-quatre heures sur vingt-quatre. Un matelas a été installé pour moi dans le bureau de Renko ; nous dormions à tour de rôle. Renko faisait tout son possible pour travailler à la maison. Miyata était bien obligé de sortir en semaine pour aller au travail, mais en contrepartie, le week-end, il consacrait tout son temps à Son. La formulation pourrait prêter à confusion, mais à nous trois, nous formions désormais un remarquable trio de soignants.

Une nuit, dans le salon plongé dans la pénombre, avec pour seule source de lumière le petit néon de la cuisine, je regarde Son gisant sans forces dans son panier. Renko, qui doit assister à une projection de travail le lendemain matin, s'est laissé convaincre par Miyata et moi de prendre un peu de repos ; elle est dans sa chambre. Miyata est resté debout un peu plus longtemps, mais lui aussi doit aller travailler demain matin et je l'ai envoyé se coucher en lui promettant de m'occuper de Son.

Sa respiration laborieuse résonne bruyamment dans la pièce. A son rythme, les flancs creux de son corps étendu se soulèvent comme des épis de riz ondulant sous la brise. Je glisse doucement un doigt entre sa tête rejetée en arrière et la couverture. Alors que j'étais persuadé qu'il dormait, il tente soudain de relever la tête pour me regarder. Je m'apprête à ôter mon doigt, désolé de l'avoir dérangé, lorsqu'il en approche sa joue. Je le gratouille un peu et il ronronne faiblement.

Sa silhouette rappelle à mon esprit tout un tas de souvenirs.

Son renferme en lui beaucoup de choses que j'ignore. S'il pouvait parler, j'aurais des tonnes de questions à lui poser. Il sait ce que faisait Renko en mon absence, du temps où nous vivions ensemble. Il connaît ses pensées. Il était à ses côtés lorsque nous nous sommes séparés et qu'elle a vécu seule. Il a aussi partagé sa nouvelle vie avec Miyata. Mais il va partir en silence, emportant tout cela avec lui. Si seulement je pouvais en savoir un peu plus !

Le grondement d'une moto qui traverse le quartier résidentiel flotte au loin. Son tourne mollement la tête vers la fenêtre. Ses yeux d'un noir profond, pareils à une planète solitaire aux confins de l'univers, brillent faiblement sous la lumière des réverbères. Je l'appelle ; il me regarde. Il cligne des yeux, comme ébloui. C'est notre dernière nuit seul à seul.

Comme une ultime chance, nous l'emmenons à la clinique où, après discussion avec le vétérinaire, il est décidé de tenter une perfusion intraveineuse. Cela nécessite de l'hospitaliser durant une nuit, mais le produit étant injecté directement dans les veines, c'est paraît-il plus efficace qu'une perfusion sous-cutanée. Le lendemain, nous allons le chercher, pleins d'espoir, mais son état ne s'est pas amélioré.

Le vétérinaire Fujimoto nous annonce qu'il n'en a plus que pour cinq jours, au mieux. Renko déclare qu'elle voudrait le voir partir dans les meilleures conditions et Fujimoto répond que vu qu'il fait aussi de l'urémie, il risque d'endurer quelques souffrances. Entourez-le, il comprend, vous savez, ajoute-t-il.

De retour à l'appartement, Renko met son travail de côté pour rester près de Son toute la journée. Pour ne pas la déranger, nous évitons de nous approcher. Elle le garde dans ses bras, lui parle sans cesse. Le chat lèche parfois les larmes qui coulent de ses yeux.

Il ne peut plus du tout se lever ; comme il est incapable d'aller faire ses besoins, nous lui mettons des couches pour chat. Il n'a même pas la force de protester, tellement il est affaibli. Ensuite, avec plusieurs couvertures empilées au milieu du salon, nous improvisons un vaste lit sans limites. Un endroit où dormir ensemble, humains et chat.

Pour une raison obscure, Son tente par moments de se lever. Il rassemble toutes ses pauvres forces dans ses pattes avant et essaie de soulever la tête. Mais l'arrière-train refuse de suivre et, déséquilibré, il finit par renoncer. Il s'efforce de miauler mais il n'a plus de voix. Nous le changeons de position, pensant que c'est peut-être ce qu'il cherche à faire, et il paraît satisfait, mais au bout d'une petite heure il recommence à soulever la tête. Incapables de comprendre ce qu'il veut, nous souffrons en le regardant lutter.

Une fin d'après-midi, alors que j'ai perdu le fil des jours à force de m'occuper constamment de lui, je m'oblige, malgré mon manque d'appétit, à avaler des boulettes de riz et des sandwichs achetés à la supérette ; la fatigue aidant, je finis par m'endormir face contre la table, vaincu par le sommeil.

Combien de temps s'est-il écoulé ? Je me réveille en entendant Renko appeler Son à plusieurs reprises. Il fait nuit dehors ; sur la pile de couvertures, je vois Renko et le dos de Miyata dans son costume – il est rentré sans que je m'en aperçoive.

J'observe la scène : Son, étendu sur le flanc, est pris de nausées, secoué par des haut-le-cœur. Il essaie de vomir, mais son estomac est vide. De sa paume mouillée de larmes, Renko lui caresse le dos. En réponse, peut-être, il remue faiblement la queue. Ensuite, il se met à tousser, d'une toux sèche. Avec une pipette en plastique remplie d'eau, Renko lui verse quelques gouttes dans la bouche. Etendu sur le côté, le chat tire la langue pour les lécher faiblement. Soulagé, il laisse retomber sa tête. Il semble s'être rendormi.

Au cœur de la nuit, alors que nous sommes tous les trois à son chevet, Son rouvre soudain les yeux. Il tourne la tête, comme s'il cherchait quelque chose. « Qu'y a-t-il, Son ? Je suis là », dit

Renko en se plaçant dans son champ de vision. Il tente une nouvelle fois de se lever, poussant sur ses pattes et soulevant la tête.

— Et si je le prenais dans mes bras ? Je peux ? demande Renko.

Miyata et moi l'y encourageons d'un mouvement de tête.

Elle le prend sous les aisselles pour le soulever, passe ensuite une main sous son arrière-train tout amaigri et osseux et, assise sur ses talons, le serre dans ses bras, tout contre sa poitrine. Le vieux chat, comme s'il était enfin rassuré, ferme ses yeux vides et frotte sa joue contre elle. S'il s'escrimait à se lever, c'était peut-être pour aller dans les bras de Renko. Cette idée manque de me rendre fou.

Au bout d'une quinzaine de minutes environ, alors qu'il était au calme contre sa poitrine, Son lève soudain la tête vers le plafond et se met à miauler d'une voix rauque. Des feulements graves et puissants, qu'on peine à imaginer jaillir de son corps émacié. Ensuite, il se laisse aller une nouvelle fois dans les bras de Renko. Elle lui parle, lui dit qu'il a été très courageux, qu'il peut maintenant lâcher prise.

Trois petites respirations. Son laisse fuser trois longs et fins soupirs, puis les forces désertent visiblement son corps, désormais inerte. Ses yeux sont restés ouverts. Renko en approche ses doigts, mais les paupières ne s'abaissent pas.

Le visage baigné de larmes, elle regarde fixement le cadavre de Son. Puis elle éclate en sanglots. Ces larmes sont le seul moyen à sa disposition pour surmonter ses sentiments, un mélange de chagrin devant sa mort et de soulagement à l'idée qu'il est enfin délivré de ses souffrances. C'est ce que suggère sa façon de pleurer.

Comme si elle finissait par accepter la réalité, Renko dépose le corps sans vie de Son sur la couverture. Avant que j'aie le temps de lui poser la main sur l'épaule pour la réconforter, Miyata l'a prise dans ses bras. Je vois les mains de Renko agrippées au large dos de son mari. Elle sanglote contre sa poitrine. Interdit, je contemple le couple enlacé.

Quand le chagrin desserre son étau, nous nous attelons aux préparatifs d'adieu à Son. Nous lui faisons sa toilette et déposons au fond d'une petite boîte une serviette de bain – sa préférée, m'apprend-on – sur laquelle nous l'étendons.

L'aube approche. Nous décidons de prendre un peu de repos, chacun dans sa chambre. Je dois être épuisé car je m'endors à peine allongé, mais pour me réveiller très vite. Quand je retourne au salon, Renko dort tout contre la boîte où repose Son. Miyata n'est nulle part. Peut-être est-il déjà parti au travail.

L'air dans la pièce garde encore des effluves de la veille. J'ouvre sans bruit les rideaux, puis la fenêtre. Le soleil est au zénith, il doit être un peu après midi. Je gagne le balcon, d'où la ville s'étend sous mes yeux. Je remarque des nuages anormalement bas dans le ciel : ce sont des cerisiers en fleur. Presque tous au pic de leur floraison, ils forment çà et là des masses fleuries dans les parcs et le long des rues. Je prends une grande respiration et le parfum doux de leurs pétales monte jusqu'à moi.

Je me retourne pour regarder dans le salon. Renko ne semble pas vouloir se réveiller. Son a l'air prêt à ouvrir les yeux à tout instant. Sous les rayons du soleil, on les dirait morts tous les deux.

Le quarante-neuvième jour après la mort de Son, Renko et moi avons rendez-vous à la sortie de la gare Aomono-yokochô. Le mois de mai est déjà bien avancé et la ville se prépare activement à accueillir l'été.

Renko arrive avec cinq minutes de retard. Elle porte à la main une petite boîte contenant l'urne de Son. Miyata n'a pas pu s'absenter du bureau. Après tout, il a assisté à la crémation, Son lui pardonnera, conclut-elle en se mettant en marche.

Délaissant la grande avenue pour des ruelles, nous arrivons en cinq minutes au cimetière. Il est rattaché au temple situé derrière, dans la même enceinte, raison pour laquelle nous l'avons choisi. Nous avons assisté tous les trois à la cérémonie funèbre et à la crémation. Les cendres reposeront ici, avons-nous décidé. Aucun de nous ne dispose d'une tombe où les inhumer ou d'un autel bouddhique à domicile. Charger un temple de veiller sur l'urne nous est apparu comme la solution la plus évidente.

Les cendres déposées, après une courte promenade dans le cimetière, nous cherchons un endroit où manger car Renko n'a pas déjeuné ; connaissant mal le quartier, nous renonçons vite pour filer droit vers la gare. Arrivés à Shinjuku, un petit restaurant de galettes *okonomiyaki* près de la sortie est retient notre attention.

Devant la galette *modan-yaki* qu'elle a commandée, Renko est prise de regrets, jamais elle n'arrivera à manger tout cela, ce qui ne l'empêche pas de la savourer avec gourmandise. Lors de la crémation, elle m'a dit avoir perdu l'appétit – elle me semblait plus émaciée qu'amaigrie –, mais un mois plus tard, elle semble aller mieux. Rassuré, je lui donne mon avis sur sa série télévisée, dont la diffusion a commencé il y a deux semaines. L'audience est bonne apparemment et elle commente d'un ton goguenard :

— Avec la disparition de Son, mon seul allié, j'étais vraiment au plus bas, si en plus mon travail n'avait pas marché, je ne m'en serais jamais remise.

— Tu oublies Miyata.

Elle ne relève pas et, pendant que je finis ma chope de bière pour en commander une autre, elle tire de son sac une sorte d'enveloppe qu'elle me tend. C'est l'emballage dans les tons verts d'un laboratoire de tirages photographiques.

— C'est la pellicule qu'il y avait dans l'appareil.

— Le Ricoh Auto Half ?

— Oui, ça me titillait, alors je l'ai fait développer.

Elle est allée les récupérer avant notre rendez-vous du matin, m'apprend-elle.

Lorsque j'ouvre l'enveloppe, c'est tout d'abord une photo de Son qui me saute aux yeux. Allongé de tout son long sur un canapé vert, le chat roux dort, le ventre offert.

— Ça, c'est mon bureau quand on habitait à Hatagaya.

— Exactement.

— La pellicule était dans l'appareil depuis ce moment-là.

— Au début, tu t'es passionné pour la photo, mais tu t'en es vite lassé.

La pellicule a été développée sans avoir été utilisée jusqu'au bout, car il n'y a que vingt clichés. Sur presque toutes les photos en format 9x13, on voit Son, parfois dans les bras de Renko ou les miens.

— Je ne devrais peut-être pas dire ça le jour de la cérémonie des quarante-neuf jours, mais…

Renko, qui regardait les photos entre mes mains, relève le visage.

— Si tu prenais un nouveau chat dans quelque temps, quand ça ira mieux ?

Elle secoue aussitôt la tête.

— Ce ne serait pas trahir Son, à mon avis.

— Je ne veux pas d'un animal pour guérir ma tristesse. En cas de force majeure, par exemple s'il risquait de mourir si je ne le recueillais pas, j'envisagerais la question, bien sûr.

— Le destin, en quelque sorte.

— Et puis, pour moi, Son est unique.

Elle aura un autre chat un jour, me dis-je.

— Et toi ?

— Moi ? Je ne suis pas fait pour avoir un animal. Je traîne dehors tous les soirs, c'est plutôt moi le chat errant.

— Je ne parle pas d'un chat.

Je me redresse involontairement.

— Miyata t'en a parlé ?

— Tu le crois capable d'avoir des secrets pour moi ?

— Non.

— Il l'a trouvée très bien. Elle lui a permis de rester alors qu'il ne commandait pas d'alcool.

Guidés par le serveur, de nouveaux clients s'installent à une table en biais par rapport à nous. C'est un jeune couple. Renko les contemple en train de discuter des plats en hochant la tête, penchés sur le menu.

Alors que je feuillette les photos, je suspends mon geste. Mon regard est attiré par l'un des clichés. Renko sous les cerisiers du parc Asukayama.

— Mais je n'y arrive pas, dis-je. Chaque fois qu'un lien se crée, à l'idée que ça finira forcément un jour, je renonce d'avance.

Elle acquiesce avec un temps de retard.

Après encore quelques clichés où figure principalement Son, le sujet change brusquement, laissant place à une pièce vide plongée dans la pénombre. Je regarde la photo suivante : les Miyata, côte à côte. C'est moi qui l'ai prise. Le mari sourit à l'objectif tandis que l'épouse détourne la tête ; du coup, son visage est flou.

Renko, qui semble avoir avalé une bouchée trop chaude, boit du thé Oolong pour tenter de la faire passer.

— Miyata est très amoureux, tu sais.

Elle ne répond pas. Le profil de Miyata qui serre sa femme dans ses bras est gravé dans mon esprit.

— En tout cas, je vous remercie. De m'avoir permis de prendre soin de Son avec vous, dis-je. Il faudra que je remercie Miyata aussi… Ce n'est pas gentil pour Son, mais nous trois, comment dire, on avait l'air de personnages de cinéma, j'ai trouvé.

— C'est vraiment pas sympa pour Son, confirme Renko en riant.

— Déformation professionnelle.

— Tu n'as qu'à en tirer une histoire.

Je la regarde, étonné.

— Si je faisais ça, tout deviendrait un vaste mensonge.

— Ce serait mieux ainsi, assène-t-elle. Autant en faire un mensonge total, ce sera mieux.

Des bières sont servies au couple en biais par rapport à nous. Quand ils choquent leurs verres pour trinquer, du liquide coule sur la plaque de cuisson déjà chaude et s'évapore bruyamment, leur tirant des cris de surprise.

L'enveloppe contient également les négatifs. Les longues et fines bandes translucides couleur de cuivre, aux ombres et à la lumière inversées, luisent sous les reflets des néons du restaurant. J'examine le film en le pinçant entre mes doigts à une extrémité, prenant garde à ne pas laisser d'empreintes dessus. Renko me regarde faire d'un air soupçonneux.

Je me demande ce qui se donne à voir entre le passé et le présent. Mais aucun vide ne subsiste entre les clichés ; par-delà le temps, les choses disparues s'enchaînent en bon ordre.

— Notre relation aujourd'hui, comment pourrait-on la qualifier ?

Je formule ce qui me traverse l'esprit alors que, le restaurant derrière nous, nous marchons vers la gare. L'alcool bu en ce début d'après-midi me monte à la tête, je me sens comme sur un petit nuage.

— Nous ne sommes bien sûr ni des amoureux ni un couple, mais pas vraiment des amis non plus, ni des étrangers.

— Pourquoi la qualifier à tout prix ? répond Renko. C'est parce qu'on colle des étiquettes aux choses qu'on ne les comprend plus. Du moment que nous, on le sait, ça suffit, à mon avis.

— Ce n'est pas faux.

Je trouve vraiment qu'elle a raison.

— Quand nous avons décidé de recueillir Son, tu pensais au jour où il mourrait ?

Je réponds à sa question d'un signe de tête négatif.

— C'est pareil. La seule chose à faire est de répéter les mêmes cycles. Même si c'est douloureux. Et pour cela, il faut accepter d'aimer. Nous qui avons du mal à nous aimer nous-mêmes, nous devons au moins essayer d'aimer quelqu'un d'autre sans avoir peur.

Est-il encore temps ?

— Maintenant que Son n'est plus là, plus rien ne nous relie, toi et moi. C'est ça, la vraie séparation. Il faut garder le moral. L'un comme l'autre. Aller de l'avant.

Salut, me lance-t-elle avec un signe de la main devant les portillons de la gare de Shinjuku. Ce n'est pas encore l'heure de pointe, mais la cohue à l'intérieur engloutit sa silhouette qui disparaît en un instant, comme avalée par la foule, avant de s'effacer de mon champ de vision.

Ce soir-là, je parcours les rues animées en me demandant quel bar choisir quand je reçois un appel de Miyata. Il veut apparemment s'excuser de ne pas avoir pu assister à l'inhumation des cendres et me remercier d'avoir accompagné Renko.

— Je suis désolé pour aujourd'hui. J'avais un reportage impossible à décaler et je n'ai pas pu m'échapper.

— L'inhumation s'est déroulée sans problème.

— Oui, Renko me l'a dit. Je vous remercie pour ces derniers mois.

J'imagine Miyata en train de s'incliner à l'autre bout du fil. A l'idée que nous n'aurons certainement plus l'occasion de nous voir, je suis étrangement ému. Il semble en aller de même pour lui et, tous deux mal à l'aise, nous remplissons les blancs avec les mots qui nous viennent.

C'est une fois épuisés les sujets d'intérêt mutuel, alors que je cherche le bon moment pour mettre un terme à la conversation, que Miyata reprend la parole d'un ton formel.

— Puis-je vous poser une dernière question ?

— Je vous en prie.

— Cette péripétie, même si le mot est un peu fort…

— Le fait d'avoir pris soin de Son, voulez-vous dire ?

— Oui. Cette péripétie a-t-elle provoqué une transformation chez Hayakawa ?

Je lève la tête. J'aligne mes souvenirs sur le ciel tout noir de Tokyo. Mes pérégrinations dans les ruelles enneigées de leur quartier me semblent appartenir à un passé lointain.

— Oui, bien sûr. Qu'en est-il du personnage Miyata ?

— Je crois que j'ai changé aussi.

De même que le personnage Mikita Renko, assurément.

— Eh bien, à une prochaine fois, alors.

— Au revoir.

— Au revoir.

Je coupe la communication. Ma destination coule de source.

Depuis le soir où Miyata et moi avons pris place côte à côte au comptoir, je n'ai pas remis les pieds dans le bar de Mari. Nous avons échangé quelques brefs messages, pleins de retenue de part et d'autre, comme si le premier à craquer devrait être le perdant.

Mari, plutôt surprise de me voir soudain débarquer après quasiment un mois d'absence, paraît néanmoins heureuse et désireuse d'en savoir plus, mais en cette fin de soirée, pour une fois, le bar est plein et les clients vont et viennent sans temps mort.

Tout en préparant ma boisson, elle intervient dans la discussion avec des habitués que mon arrivée a interrompue, sans oublier de réagir aux piques lancées par d'autres clients. Elle démêle sans effort les fils de deux ou trois conversations pour les rassembler et fait converger adroitement les fragments éparpillés, sa présence s'imposant progressivement dans le bar. Tout cela avec le plus grand naturel et maints sourires distribués à la ronde. A l'idée que c'est la dernière fois que je vois ce visage rayonnant, mon cœur se fait lourd.

Au fil des verres que j'enchaîne, des clients partent, d'autres arrivent, puis, un peu après deux heures du matin, je finis par me retrouver seul.

— Donc, pour les animaux aussi, il y a une cérémonie des quarante-neuf jours.

Mari, qui essuie les verres, semble vraiment surprise.

— Je ne sais pas si ça se fait ou pas, mais en tout cas, de notre point de vue d'humains, disons que cela aide à faire son deuil.

— Je vois. C'est possible, en effet.

C'est le bon moment pour aborder le sujet. Je vide mon verre de whisky, histoire de me mettre en train.

— J'ai décidé de fermer le bar, lance Mari.

Un cri de surprise m'échappe.

— Je vais rentrer chez moi à Niigata.

La récidive du cancer de sa mère a été stoppée grâce à la radiothérapie, mais la maladie n'a pas reculé pour autant ; son état est stationnaire.

— Elle va à l'hôpital une fois par semaine ; au quotidien, ça a l'air dur pour mon père, tout seul.

— Tu pars quand ?

— Je travaillerai ici tout le mois de juin, puis je pense quitter Tokyo courant juillet.

— Ah bon…

— Alors, je suis désolée, mais…

Elle me prend de court.

— Là-bas aussi, tu vas reprendre un bar ?

— Ça dépendra de ma mère. Mais il faut bien travailler pour vivre, et je l'aime bien, ce boulot.

Elle réussira, où qu'elle aille.

— Si je passe par Niigata, j'irai te voir.

— Tu parles, tu ne viendras pas.

Mari, les yeux rougis, rit.

Je lui propose d'aller prendre un dernier verre ailleurs quand elle aura fermé. Son visage s'éclaire. Elle se prépare sur-le-champ, pareille à un petit oiseau affairé. Un rien peut la mettre en colère et la faire pleurer, mais elle retrouve tout aussi vite le sourire.

La porte s'ouvre et trois hommes entrent. Je ne les ai jamais vus mais leur attitude montre qu'ils sont des habitués. La voyant en train d'enfiler son imper, l'un d'entre eux s'étonne, elle ferme déjà aujourd'hui ? Mari me regarde. Puis elle se tourne vers eux pour leur répondre non, pas du tout, le bar reste ouvert jusqu'au matin ; que peut-elle leur servir ? Elle repose son imper. Tandis qu'ils s'installent au bar, je me lève. Mari aura fait preuve de gentillesse jusqu'au bout. Je suis battu à plate couture.

Coupez !

Ce simple mot détendit d'un coup l'atmosphère. Les respirations bloquées ici et là à travers la pièce se libérèrent et on entendit quelqu'un qui s'était retenu jusqu'à présent se racler la gorge. Le cadreur mesura la luminosité et la distance entre la caméra et les personnages tandis que l'assistant opérateur vérifiait la lumière et les ombres ; à côté de la maquilleuse qui retouchait sans les déranger la coiffure des acteurs en train de répéter leurs lignes à voix basse, l'accessoiriste décalait un peu une table. Il faudrait qu'on te sente un peu plus accablée, demanda le réalisateur à l'actrice. Il leva un pouce en direction de l'acteur, ça marche comme ça. Si tout le monde est prêt, on tourne pour de bon, lança l'assistant réalisateur à la cantonade. L'atmosphère se tendit de nouveau. Quelqu'un retint sa respiration. Je m'agenouillai, tête basse pour ne pas bloquer la lumière. Le réalisateur dit « moteur » et le clap retentit. Un homme aux sourcils si bien épilés qu'ils avaient l'air factices demanda à la femme devant lui :

— Notre relation aujourd'hui, comment pourrait-on la qualifier ? Nous ne sommes bien sûr ni des amoureux ni un couple, mais pas vraiment des amis non plus, ni des étrangers.

— Pourquoi la qualifier à tout prix ? C'est parce qu'on colle des étiquettes aux choses qu'on ne les comprend plus. Du moment que nous, on le sait, ça suffit, à mon avis.

Renko n'avait pas montré un visage aussi triste. Elle ne s'était pas départie de son sourire. Etait-ce un signe de sa force ou de sa faiblesse, je n'en savais toujours rien.

Une nouvelle fois, sur un simple mot, le monde revint à la vie. Le réalisateur paraissait satisfait. Son assistant entreprit de donner des explications sur la prise suivante. L'actrice, sans doute soulagée, avait retrouvé le sourire.

Pourquoi voir jouer les dialogues qu'on avait écrits procurait-il toujours un étrange sentiment ? Chacune de mes incursions sur un plateau de tournage se soldait par des regrets. La caméra avait besoin d'être déplacée, apparemment, car les assistants couraient en tous sens dans la pièce exiguë. Désolé, mais vu le manque de place, les personnes extérieures au tournage sont priées d'attendre dehors, me dit l'assistant réalisateur. Me faisant tout petit, je m'excusai avant de vite me diriger vers la sortie. Je l'entendis dans mon dos échanger avec une autre personne de l'équipe qui lui dit : « C'est le scénariste. — Ah bon, je ne savais pas. » Je me fis la réflexion que j'aurais mieux fait de ne pas venir.

La coursive de l'immeuble était encombrée de matériel photographique et électrique. Osato, le producteur, qui s'était fait lui aussi chasser du plateau, fumait une cigarette. Il aurait préféré tourner en studio, mais question budget... murmura-t-il en piétinant pour lutter contre le froid. La pluie hivernale, perçante, était si froide qu'elle me faisait regretter la neige qui, au moins, réchauffe le cœur.

Peu après la cérémonie du quarante-neuvième jour suivant la mort de Son, j'avais commencé à échafauder des histoires. Ce qui ne m'était pas arrivé depuis très longtemps – depuis que les mots m'avaient déserté.

L'histoire des derniers jours d'un chat, de la fin de l'hiver au début du printemps : j'avais retourné cette idée dans mon esprit, du matin au soir. Ce scénario, je l'avais écrit pour moi, sans savoir s'il aboutirait un jour, si je le ferais lire à quelqu'un d'autre. Ecrire, c'était se laisser submerger par le passé. Retours sur moi-même et regrets m'avaient fait reposer la plume plus d'une fois. Mais je n'avais pas été tenté d'abandonner. Chaque fois que je me heurtais à un mur, je revoyais des bouts des négatifs que Renko avait fait développer. C'était comme si, sans preuve concrète de leur existence – et c'était à moi de l'apporter, cette preuve –, ces faits pourtant réels étaient condamnés à ne jamais voir la lumière du jour, à rester prisonniers de ma mémoire, tels des fantômes du passé. C'était cela que je redoutais. C'était peut-être ça, mourir. J'avais écrit pour combler le vide entre chaque case des négatifs. Plus qu'une envie d'écrire, c'était un besoin de graver la mémoire des faits.

Le remords, la honte, le découragement, l'abattement, les interrogations, les réponses, les découvertes : j'avais tout consigné. Quand j'étais ressorti de chez moi, un premier jet enfin achevé à force d'allées et venues entre réalité et fiction, l'été était déjà terminé.

J'avais envoyé le scénario à Osato – à qui je n'avais pas donné signe de vie depuis que j'avais disparu des radars après une semaine passée à me soûler non-stop – en partie pour me faire pardonner, ou, plus précisément, dans une tentative de me justifier. Le producteur d'un certain âge, sans doute à l'orée de la soixantaine, était venu à ma rencontre comme si nous nous étions vus la veille.

— J'ai lu votre scénario. J'étais justement à la recherche d'un projet.

L'agent d'une jeune actrice couronnée du prix d'un obscur et minuscule festival international de cinéma étranger, dont on disait qu'elle savait jouer, cherchait à financer un film qui la mettrait en valeur.

— Il est bien, ce texte, mais… le personnage principal est un homme, hélas.

Je n'avais plus la force de tout réécrire pour une femme.

— Je vais l'envoyer à l'agent, pour voir.

Une semaine après qu'il était reparti avec le projet sous le bras, j'appris que l'agent était intéressé.

— Du moment que son nom à elle figure en haut de l'affiche, ils sont d'accord pour garder le scénario en l'état.

Vu le nombre réduit de scènes en extérieur, l'action se déroulerait dans un appartement et le tournage coûterait trois fois rien, se réjouit Osato. Je savais bien que sa marge sur les frais de production serait d'autant plus confortable, mais je m'en contrefichais. Le réalisateur était un artisan choisi par ses soins, quelqu'un qu'il connaissait depuis vingt ans. Cela aussi m'était parfaitement égal. La réalité s'apprêtait à être démembrée par le mensonge. Une fois les dialogues mis au point et la version définitive du scénario imprimée, j'en avais envoyé un exemplaire à Renko et n'avais reçu aucune réponse jusqu'à aujourd'hui. Sans doute n'en recevrais-je jamais.

Je m'étais éloigné d'Osato qui bavardait avec l'assistant de production et je traînaillais, désœuvré, quand on me tapa soudain sur l'épaule. Je me retournai, m'attendant à me faire encore une fois houspiller par un membre de l'équipe. Lorsque je découvris le visage de Horie, je ne pus retenir un cri.

C'était lui le photographe de plateau. Comme il était du genre à balancer dans un coin de son appartement le scénario sans même l'ouvrir, il n'avait pas idée de ce qui était en jeu dans le film. Nous n'avions pas repris contact depuis mon installation avec Renko.

Les rides s'étaient creusées au coin de ses yeux – lui disait me trouver en forme –, lui apportant une certaine patine. Quand je lui confirmai que je n'allais pas trop mal et lui demandai des nouvelles de Miwako, il répondit, sans se départir de son doux sourire :

— Tiens, tu n'étais pas au courant ? Ça fait longtemps qu'on n'est plus ensemble.

Bouche bée de surprise, je cherchais encore mes mots lorsque le cadreur, déboulant au pas de course dans l'entrée, l'appela pour qu'il vienne prendre une photo. J'avais l'impression que depuis notre dernière rencontre, Horie s'était tassé. Je suivis des yeux son dos qui se frayait un chemin parmi la foule des assistants. L'appareil photo qu'il tenait à la main avait l'air de peser terriblement lourd.

L'heure du déjeuner arriva et on nous distribua des bentos. Craignant qu'on pense que je me restaurais aux frais de la princesse sans rien faire, je mangeais assis dans les escaliers de secours désertés quand Horie se pointa. Il semblait heureux de voir que j'avais découvert sa cachette secrète, comme il appelait l'endroit.

— Vous vivez toujours à Zôshigaya ? lui demandai-je en prenant une gorgée de soupe miso réduite à sa plus simple expression – juste du liquide.

— Non, on est partis quand on s'est séparés. La maison a sans doute été démolie pour en construire une nouvelle à la place. Il en était déjà question à l'époque.

— Et Jimiko ?

— C'est elle qui l'a gardé. Vous aussi, vous vous êtes séparés, d'après ce que j'ai entendu dire ?

— Qui vous en a parlé ?

— Personne, il suffit de lire ça pour le comprendre.

Il me mit sous le nez le scénario plié en deux qu'il avait tiré de sa poche arrière. A l'idée qu'il lisait au plus profond de moi, je me sentis mal à l'aise.

— J'avais envie de devenir comme Miwako et vous. De vivre la même vie avec Mikita. Mais...

Horie prit un air désespéré et déclara que je m'étais trompé d'objectif. Le mieux, d'après lui, c'était de ne pas avoir d'idéal. Parce que les idéaux, ça n'entraînait que des erreurs. Mieux valait ne penser à rien. Il conclut, dans un rire :

— Bref, on est tous les deux bons pour ne pas faire de vieux os.

C'était tout lui, une remarque comme celle-là.

Quand le tournage s'acheva, il était déjà plus de vingt-deux heures. Osato me proposa de me raccompagner en voiture. Je saluai l'équipe en train de ranger et partis avec lui.

Refusant qu'il me conduise jusque chez moi, je lui demandai de me déposer à Shinjuku.

— Bon, on se voit au bureau la semaine prochaine, lança-t-il.

Il m'avait demandé de travailler sur un nouveau projet. Je lui dis au revoir et refermai la portière.

Je marchai vers un coin de ruelle, un bar que je fréquentais depuis longtemps, où je bus jusqu'à la fermeture. Au bout d'un moment, je me retrouvai seul au comptoir. La liberté, c'est terriblement triste.

Quand je quittai le bar, la pluie avait tourné à la neige. Au loin, un feu passait au vert, au rouge, clignotait, teintant les flocons blancs qui tombaient lentement. Une fine couche de neige commençait à recouvrir l'asphalte. Le lendemain, à l'heure où je dégriserais, elle serait peut-être plus épaisse.

Au moment de traverser le passage piéton, je dérapai sur la bordure du trottoir et tombai sur les fesses. Cela ne me fit pas mal ni ne m'attrista. Alors que j'avais perdu gros, je me sentais léger. Retomber amoureux était-il à ma portée ?

Derrière le rideau de neige qui bouchait la vue, un taxi approcha, la lumière de ses phares pareille à des feux follets. Il ralentit, le chauffeur jeta un coup d'œil dans ma direction comme pour voir si j'allais le héler. Je me relevai et annonçai :

— Je vais marcher.

L'homme pencha la tête et s'éloigna, déçu.

L'avenue était calme. La ruelle dans mon dos comme la rue devant moi étaient désertes. Mon équilibre était désormais plus que précaire, mais j'ai continué à avancer. Bravement.

Achevé d'imprimer
sur les presses de l'imprimerie Corlet, Condé-en-Normandie
N° d'impression : 23020701

Dépôt légal : janvier 2023